Simone Pablitschko

GrenzenLos

„Manchmal werden meine Gedanken & Gefühle ganz schön laut. Dann ist das Schreiben meine Therapie. Außerdem habe ich keine Lust mehr so zu tun, als wäre immer alles ok. Ich weiß, dass ich mit meinem Kabelsalat im Kopf nicht allein bin & Sharing ist bekanntlich Caring. Also viel Spaß beim Lesen!"

Simone Pablitschko, geboren 1995 in Ebersberg, studierte "Management in der Gesundheitswirtschaft" und arbeitet hauptberuflich in der Pharmabranche. Sie glaubt, dass jeder, täglich, mit einem Mimimum an Aufwand, einen wertvollen Beitrag dazu leisten kann, Mental-Health-Themen aus der Tabu-Zone zu holen. 2020 begann sie ihre Gedichte und Gedanken dazu auf Instagram @zoeys-moodswings zu teilen. 3 Jahre später veröffentlicht sie ihren ersten Roman "GrenzenLos". Die Gedichte in diesem Buch schrieb sie, mit Blick auf die Alpen und einem blühenden Flieder, auf ihrer kleinen Dachterrasse in München.

GrenzenLos

Simone Pablitschko

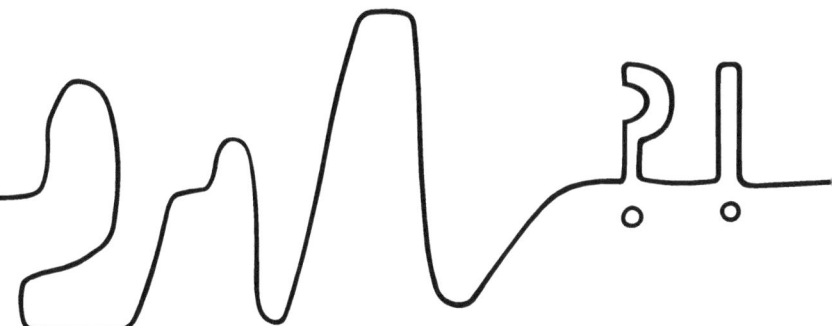

ROMAN

Impressum

Bibliografische Information der Deutschen Nationalbibliothek: Die Deutsche Nationalbibliothek verzeichnet
diese Publikation in der Deutschen Nationalbibliografie;
detaillierte bibliografische Daten sind im Internet über
dnb.dnb.de abrufbar.
Ich habe mich bemüht, alle Rechteinhaber ausfindig
zu machen und zutreffend zu benennen und bitte um
Kontaktaufnahme, sollten Rechte nicht oder nicht aus-
reichend angegeben sein.

© 2023 Simone Pablitschko

Satz, Herstellung und Verlag:
BoD – Books on Demand, Norderstedt

ISBN: 978-3-7386-5393-9

Dieses Buch ist auch als E-Book erhältlich.

Für alle, die von Zeit zu Zeit nicht wissen, wo sie eigentlich hin wollen…
Für alle, die sich manchmal fragen, ob das Sinn macht, was sie da den ganzen Tag tun…

Für dich, weil du dich manchmal überfordert fühlst, manchmal morgens schwer hochkommst, einsam bist, mit deinem Gedankenstrudel und den Zweifeln,
die langsam, aber unaufhaltsam in dir hochkriegen und du irgendwie auf dem Weg nach „Ja, wohin eigentlich?" dein Lächeln verloren hast.

Für dich, weil ich dir sagen möchte:
Du bist damit nicht allein und es ist vollkommen ok, nicht ok zu sein.
Du bist auf einem wunderbaren Weg, auf dem Weg zu dir.
Auch wenn es anstrengend ist, die Steine, die im Weg liegen, beiseitezuschaffen:
Du bist schön! Und der Weg ist es wert.

Für mich, um mich bei „Gewitter-im-Kopf"-Tagen daran zu erinnern, dass nach jedem Regenschauer auch wieder die Sonne aufgeht.

INHALTSVERZEICHNIS

Prolog

‚Sei so gelb wie du nur sein kannst' – die Löwenzahnstrategie von Thomas Hohensee: Selbstbewusst, widerstandsfähig und allzeit optimistisch – mit seinen leuchtenden Blüten und seiner Gabe, sich auch auf schwierigem Terrain zu behaupten, verkörpert der Löwenzahn all die Eigenschaften, die wir uns im Alltag so oft wünschen. [1]

Es gibt Tage, an denen auch ich mir daran die Zähne ausbeiße, so gelb zu sein, wie ich eigentlich sein könnte. Der Gang zur Dusche scheint schon unüberwindbar. Das Gewitter im Kopf möchte einfach nicht vorbeiziehen. Am liebsten wäre es mir dann, wieder die Bettdecke über den Kopf zu ziehen und die Welt ohne mich wach werden zu lassen. Meistens bleibe ich nicht liegen. Dann hätte die Welt ja gewonnen und ich hätte dem Tag keine Chance gegeben. Meistens schadet mir aber genau das. Es nützt mir nichts. Ich muss mir selbst eingestehen: Das ist einfach das beste „Gelb" das an diesen Tagen geht. Und: Das ist doch ok. Das ist vollkommen ok. Es ist vollkommen ok, mal nicht ok zu sein.

Wer kennt sie nicht, diese „Gewitter-im-Kopf"-Tage? Meist muss man Geduld haben, die Wolken ziehen in der Regel genauso schnell vorbei, wie sie gekommen sind. Doch Ausnahmen bestätigen bekanntlich die Regeln, kleine

[1] Vgl. Thomas Hohensee: *Die Löwenzahn-Strategie: Blüh auf, sei wild und unbezähmbar*

Gewitterschauer können manchmal auch in Wochen andauernden Dauerregen übergeht. Wie Parasiten nisten sich diese Gewitterwolken dann im Kopf ein und wenn man morgens in den Spiegel sieht, klaffen riesige Fragezeichen auf der Stirn:

- Wer bin ich?
- Wer möchte ich eigentlich sein?
- Was mache ich hier eigentlich den ganzen Tag?
- Ist das denn „richtig", was ich hier tue?
- Denke ich schon wieder zu viel nach?
- Oder denke ich gar zu wenig nach?
- Sind meine Gefühle & Gedanken angebracht?
- Wie zur Hölle habe ich mich schon wieder in diese Situation manövriert?
- Und wie komme ich da wieder raus?

Grenzenlos „Grenzen, Los!". Wenn ich in der Vergangenheit erzählt habe, dass ich ein Buch schreibe über das Thema „Grenzen", „Grenzerfahrungen", „Grenzen, die man selbst setzt oder auch nicht setzt", „Grenzen, die man selbst bewusst oder auch unbewusst missachtet" und „die eigenen Grenzen, die von Anderen missachtet werden" oder „Grenzen, die andere Personen einem setzen" hatten auch meine Gegenüber jedes Mal eine ganz persönliche Erfahrung mit mir geteilt, die ihnen zu dem Thema sofort in den Kopf geschossen sind.

Doch was bedeutet eigentlich „Grenzen setzen"? Immer wieder bin ich in den letzten Jahren darüber gestolpert. Gar nicht so selten wurden meine Grenzen überschritten, obwohl ich sie meines Erachtens klar kommuniziert hatte.

Natürlich, auch das war ein Prozess, eine Reise, mich zu trauen, meine Grenzen zu kommunizieren. Das ist manchmal leichter gesagt als getan. Inzwischen springe ich lieber einmal über meinen Schatten und lege ein Veto ein, als dass ich nächtelang wachliege und mich darüber ärgere „Ja" statt eigentlich gewollt „Nein" gesagt zu haben oder noch schlimmer, gar nichts gesagt zu haben. Warum tun wir Menschen uns so schwer, Grenzen und damit einhergehend unsere Bedürfnisse klar zu kommunizieren? Schämen wir uns? Schäme ich mich? Warum ignorieren wir die Grenzen anderer Menschen? Inzwischen habe ich für mich persönlich eine Antwort darauf gefunden: Menschen (und ich schließe mich definitiv mit ein) sind sich über ihre Bedürfnisse manchmal gar nicht so bewusst. Wir nehmen uns nicht die Zeit für uns selbst, wir nehmen uns nicht die Zeit, in uns reinzuhören, in uns auszuloten, was wir brauchen und was eben nicht. Und selbst wenn wir das in Worte fassen können und das dann kommunizieren, können viele Menschen nichts damit anfangen, weil sie sich selbst nicht aktiv Gedanken über ihre Bedürfnisse gemacht haben, obwohl das eine immense Tragweite, einen immensen Einfluss auf das Miteinander hat. Das hat nichts mit „Scham" zu tun.

Meine Aussage mag falsch sein. Meine Aussage mag nur für mich und mein Umfeld und meine Erfahrungen gelten. Vielleicht rette ich mich mit dieser Aussage auch nur in eine schöne, heile Welt. Doch ich denke es lohnt sich, in seinem täglichen Tun und in seinem täglichen Miteinander mit anderen Menschen einmal darauf zu achten, sei es im Arbeitsumfeld, in Freundschaften, in Beziehungen. Zum Beispiel im Arbeitskontext uns und andere zu ermutigen, dass bei der Belastung die eigenen Bedürfnisse nicht zu kurz kommen, bei Freunden Verständnis zu haben, wenn sie einmal absagen, weil ihnen das Treffen zu viel wird, selbst abzusagen, wenn der Geist und Körper in diesem Moment etwas anderes signalisieren, in Beziehungen regelmäßig die Zeit nehmen, auszuloten, ob man die Grenzen des anderen wahrt, die eigenen Grenzen gewahrt werden, welche Grenzen man gemeinsam verschieben möchte.

Ich habe für mich persönlich festgestellt, dass, wenn ich einmal wieder „Gewitter-im-Kopf"-Tage habe, mir einmal wieder die oben aufgelisteten Fragen stelle, dass ich teilweise auch selbst dafür verantwortlich bin. Dann ließ ich mal wieder konsequent zu, meine Grenzen zu missachten. Ich habe mich und meine Bedürfnisse de-priorisiert, hintenangestellt, mich aufgeopfert für andere. Meine eigene Stimme habe ich verstummen lassen. Oder ich bin in Beziehungen zu anderen Menschen komplett aufgegangen, statt diese Beziehung als Add-on zu meinem Leben zu sehen. Statt an mir zu arbeiten, habe ich an anderen Menschen gearbeitet, statt mich zu bewegen, wollte ich andere Menschen bewegen, statt mich bzw. meine Einstellung zu ändern, wollte ich andere Menschen ändern. Ohne dass diese das natürlich wollten. Sie wollten in ihrem Alltag bleiben, in ihrer Rolle, in dem Zustand, den sie seit jeher kennen. Oft hatte ich auch Angst vor den Konsequenzen, wenn ich „Nein" antworten würde. „Nein, ich habe heute leider keine Zeit.". „Nein, ich möchte nicht Lead in diesem Projekt sein." Wie begründe ich dieses „Nein", ohne dass man einen schlechten Eindruck von mir hatte?

Meine Prämisse war immer: Ich will mit meinen eigenen Wünschen und meiner Erwartungshaltung niemandem auf den Schlips treten. Ich wollte niemandem zur Last fallen, im Gegenteil. Ich wollte die perfekte Partnerin, Freundin, Arbeitskollegin sein. Dass ich mich dadurch selbst verleugnet hatte, fiel mir meist erst auf, als es schon zu spät war und ich mich schon lange in der Abwärtsspirale befand.

Ich weiß, ich bin damit nicht allein. Ich habe schon so viele Menschen getroffen, denen es ähnlich geht. Und das sind nicht nur Frauen. Meiner Erfahrung nach, sind es eher Frauen, die damit kämpfen, Grenzen zu ziehen, Männer tun sich da etwas leichter. Aber gib ihnen mal 2-3 Bier abends in die Hand, dann fällt auch bei Ihnen die selbst auferlegte Fassade. Dann möchten auch Männer einfach nur ihren Kopf in deinen Schoß legen.

Ich möchte mit diesem Buch aufzeigen, dass hinter den Kulissen nicht immer alles rosarot ist. Dass das vollkommen ok und normal ist. Und dass wir damit nicht allein sind. Und: Ich möchte uns an unsere Stärken erinnern, dann, wenn wir es am meisten brauchen. Ich weiß nicht, mit welch kleinen oder auch großen Dämonen du gerade kämpfst. Was ich aber weiß, ist, dass jeder von uns mit irgendetwas kämpft. Der eine hat deshalb Herzrasen, der andere Schlafstörungen und das „Morgens nicht hochkommen" ist auch keine Seltenheit. Diesen Zustand kann man, ja, darf man, wenn man das Bedürfnis hat, allein, im Stillen, aushalten. Sollte man aber meiner Meinung langfristig nicht, vor allem nicht allein.

Mein Appell: Lasst uns doch unsere Grenzen gemeinsam austesten. Lasst uns über unsere Bedürfnisse sprechen. Lasst uns die Zeit nehmen, um über unsere Bedürfnisse klar zu werden. Lasst uns auf die Bedürfnisse eingehen. Lasst uns gemeinsam die Grenzen verschieben, in jegliche Richtungen. Denn dort, wo die Grenze des einen anfängt, hört die Grenze des anderen auf. Lasst uns Spaß haben auf dem Weg. Es gibt so viel zu entdecken, das Leben ist ein ewiges Lernen, wir werden ständig mit ungewohnten Situationen konfrontiert, mit neuen kleinen und großen Wundern. Lasst uns uns selbst und andere besser kennenlernen und Grenzen verschieben. Und wenn deine Grenze heute 300km weit weg von dir ist, ist das ok! Das ist einfach das beste „Gelb" das heute geht. Leg dich wieder hin. Morgen kannst du neu entscheiden.

Ich glaube, dass jeder von uns, täglich, mit einem Minimum an Aufwand einen wertvollen Beitrag dazu leisten kann, Mental Health-Themen aus der Tabuzone zu holen: Öfter mal hinter die Kulissen der Menschen blicken, mit denen wir tagtäglich beisammen sind. Manchmal reicht ein ernstgemeintes „Hey du! Wie geht es dir heute?" oder noch besser: „Was treibt dich heute um?" bei due Espressi am besten! Und dann reicht oft sogar ein „auf die Schulterklopfen", ein „Ich weiß was du meinst!", ein „Ja, ich hatte heute auch keine Lust aufzustehen". Vielleicht ein: „Sei nicht so hart zu dir selbst." und ein ernstgemeintes „Ruf an, wenn du reden möchtest!". Lasst uns darüber reden. Über die großen und kleinen Dämonen, die uns das Leben schwer machen. Niemand muss allein in den Montag starten. Lasst uns doch gemeinsam aufstehen morgens. Lasst uns gemeinsam in die Woche starten und uns gegenseitig ermutigen, wach zu werden. Lasst uns gemeinsam dem Tag, der Woche, eine Chance geben. Dann sind wir alle Gewinner, helfen und helfen lassen, das ist doch eine WIN-WIN-Situation par excellence. Dann schaffen wir es vielleicht, gar nicht erst in solche Strudel und Abwärtsspiralen reinzufallen. Nur wenn wir wach werden – mit der Welt da draußen – können wir uns gegenseitig unser leuchtendstes Gelb rauskitzeln oder aus diesem pechschwarz wenigstens ein meliertes Grau zaubern.

Das reicht vielleicht für ein kleines Lächeln abends, wenn man vor dem Einschlafen nochmal den Tag Revue passieren lässt. Und das ist doch mehr wie 1A, oder?

Schlussstrich

Es ist gerade mal 16 Uhr und draußen wird es schon wieder dunkel. Wie schnell das immer geht, dass die Nächte so lang und die Tage so kurz werden. Gefühlt war der Sommer viel zu kurz, ein „goldener Herbst" ist ausgeblieben. Schon seit Wochen sind Dauerregen und Temperaturen im einstelligen Bereich angesagt. Mir fällt jetzt erst auf, dass in 3 Wochen schon wieder Weihnachten ist. Irre, wie schnell die letzten Monate ins Land gezogen sind, wie turbulent dieses Jahr war.

Ich atme durch. Da sitze ich also wieder. Auf meinem alten, über Ebay Kleinanzeigen gekauften cognacfarbenen Ledersessel, in der Mitte meines neuen Wohnzimmers, mit einem grauen Samtkissen, das mir meine Tante zum Einzug geschenkt hat, auf dem Schoß. „Lieblingsplatzl" ist darauf gestickt, eingerahmt von einem Hirschgeweih. Süß von ihr, finde ich. Ich hatte ihr erzählt, dass ich doch etwas Respekt davor habe, nun das erste Mal in meinem Leben allein zu wohnen. Sie erzählte mir, dass die Zeit, in der sie allein gewohnt hat, die beste Zeit ihres Lebens war. Tun und lassen zu können, was man möchte, ohne Absprachen oder Rechtfertigungen anderen gegenüber, das sei Freiheit. „Genieß das Ella", meinte sie, „und wenn etwas ist, ruf an."

Obwohl mein Umzug schon 3 Monate her ist, stehen neben mir immer noch 2 kleine Umzugskartons, die ausgepackt werden wollten. Übermorgen werden endlich die restlichen Möbel geliefert, die ich schon vor Wochen bestellt hatte: eine hübsch verzierte Vitrine, passend zu meinem neuen moosgrünen Sofa, in die ich endlich die restlichen Gläser und Schüsseln einräumen kann und eine schlichte, graue Vintage-Kommode für meine Bücher und Bürokram. Den Ledersessel wollte ich schon lange wieder über Ebay verkaufen, er sollte bis zur Lieferung meiner neuen Couch eigentlich nur übergangsweise als Ersatz fungierten, doch irgendwie hänge ich an ihm. Stundenlang habe ich auf diesem Sessel nach dem Umzug in den Garten geglotzt oder die noch kahlen Wände angestarrt.

Ich bin froh, wenn endlich alles an seinem Platz ist und die Wohnung fertig eingerichtet ist. Viel war es nicht, was ich aus meiner alten Wohnung mitnehmen konnte. Die ersten Wochen hatte ich nicht einmal eine richtige Herdplatte. Ein Campingkocher von meinen Eltern hat es vorerst auch getan. Eine neue Küche hätte ich maßanfertigen müssen mit ich-weiß-nicht-mehr wieviel Wochen Lieferzeit und das Geld dafür wollte ich ehrlich gesagt auch nicht ausgeben, weshalb ich alles selbst peu à peu zusammengestellt habe. Eine Küchentheke in L-Form mit Ablageflächen und eine freistehende SMEG-Spülmaschine habe ich relativ günstig gebraucht auch über Ebay Kleinanzeigen erworben. Der schwarze Kühlschrank mit Eiswürfelspender war bei Lidl im Angebot. Die Spüle habe ich zusammen mit meinem Papa selbst gebaut. Außerdem habe ich dank seines handwerklichen Geschicks ein in die Küchentheke eingelassenes Ceranfeld. Der Mini-Backofen hat darunter seinen Platz gefunden. Ich musste lachen. Ich hätte auch einfach die andere Wohnung nehmen können, bei der hätte ich die Küche einfach ablösen können, das wäre wirklich weniger Action gewesen.

Ja, ich hatte tatsächlich die Wahl zwischen 2 Wohnungen. Und das nach nur einer Woche Suche. Man muss aber auch dazu sagen, dass ich absolut keinen Plan hatte, wo ich hinziehen wollte, also schloss ich in den Suchradius alles ein, das ansatzweise irgendetwas mit Stadt München und Münchner Umland zu tun hatte. Außerdem lagen nur 4 Wochen zwischen „Erster Tag Wohnungssuche" und „Umzugstag". Ich durchforstete an einem Mittwochnachmittag die bekannten Apps und Websites wie Immoscout, Immonet, Immowelt und fand 3 ansatzweise günstige Wohnungen. Es waren nicht einmal Fotos angehängt, aber Anschauen kostet ja bekanntlich nichts. Also organisierte ich den notwendigen Papierkram und bewarb ich mich. Außerdem nahm ich etwas Geld in die Hand, um in diversen Käseblättchen die Annonce „28-jährige, alleinstehende Frau mit gutem Einkommen sucht Wohnung" zu platzieren, schrieb mit einem etwas detaillierteren Text gezielt Hausverwaltungen an und postete diesen auch in diversen öffentlichen „Wohnung suchen und vermieten", „Kleinanzeigen", „Wohnung frei"- Facebookgruppen. Innerhalb von 48 Stunden bekam ich 3 Antworten. Ging irgendwie ganz schön schnell, ich wusste ehrlich gesagt noch gar nicht, ob ich wirklich aus- und umziehen wollte. Die erste Nachricht ploppte über den Facebook Messenger von einem privaten, männlichen Nutzer auf, nur ein paar Stunden nach meinem Inserat:

> *Hallo Ella, ich habe gerade deine Annonce gelesen, wärst du generell auch offen für eine WG?*

Ich dachte nach. Nein, ich wollte keine WG, ich wollte einfach nur meine Ruhe.

> *Hi, danke Dir für deine Nachricht. Mein Wunsch wäre eigentlich eine eigene Wohnung. Aber es ist natürlich die Frage, ob man etwas findet. Du wirst den Immobilienmarkt ja kennen ☺ Suchst du jemand Neues für deine WG oder ...?*

2 Minuten später blinkte mein Handy wieder auf:

> *Sexy Bild übrigens ☺ Ja, meine Frau (34) und ich (36) haben ein Zimmer in unserer schönen 4-Zimmer-Wohnung in München-Lehel frei. Wenn du Lust hast, lass uns mal treffen und uns gegenseitig näher kennenlernen.*

Er und seine Frau, aha. Und von welchem „sexy Bild" redet er? Ja, ich hatte ein Foto von mir angehängt. Eigentlich sah man nur ein Mädel in den Bergen, das versucht hat, ihre Haare mit einem Stirnband zu bändigen und einer etwas zu breiten und blau-verspiegelten Sonnenbrille auf der Nase. Ja und natürlich ein nettes Lächeln, ich mein, ich bin auf Wohnungssuche, das ist in München und Umland wie die Nadel im Heuhaufen zu suchen. Ich ignorierte diesen Kommentar und schrieb zurück:

Danke Euch fürs Angebot. Ich würde gerne tatsächlich erstmal den Markt nach der Möglichkeit von eigenen 4 Wänden auschecken. Sollte sich nichts auftun, würde ich mich einfach nochmal bei dir rühren und wir schauen, was bei Euch der Stand ist, ist das ok für Euch?

Klar, das verstehen wir natürlich total. Trotzdem schade! Wir hätten dich wirklich gerne kennengelernt. Du bist uns sofort aufgefallen. Und es lohnt sich auch, uns kennenzulernen, wir sind kein „normales" Paar.

Ich habe nicht gecheckt, was der Typ von mir wollte. Er nervte mich jetzt schon, ich wollte aber nicht unhöflich sein.

Und was unterscheidet Euch von anderen Pärchen?

Uns törnt der Gedanke, beim Sex erwischt zu werden, an. Deshalb suchen wir auch eine WG-Mitbewohnerin. Und nur zur Info: uns stört es nicht, wenn du mal nackig durch die Wohnung läufst. Im Gegenteil. Überleg es dir also gern nochmal, das mit der eigenen Wohnung. Die Vorteile einer eigenen Wohnung hast du bei uns auch plus als i-Tüpfelchen ganz viele weitere spannende Erlebnisse.

Ok, wow. Projekt „Wohnungssuche" ist also nun gestartet. Na, das kann ja noch heiter werden!

Gott sei Dank hatte ich am nächsten Tag zwei Einladungen für einen Besichtigungstermin noch in derselben Woche in meiner Inbox. Der erste Termin war schon für den darauffolgenden Tag, Freitag angesetzt, der zweite für Sonntag. Ich sagte beide zu. Als ich nach der Arbeit an der Wohnung ankam, wartete schon ein älterer Herr auf mich. Er erzählte, dass er der Besitzer wäre und die Wohnung privat vermieten würde. Außerdem hätte er die Anzeige nach nur einer Stunde auf Immoscout offline gestellt und nur die ersten 3 Bewerber eingeladen, die sich in dieser Stunde gemeldet hatten. Ich wäre die erste gewesen. Er sperrte die Wohnungstüre auf und führte mich durch das kleine 1,5 Zimmer Apartment mit Balkon. Die Wohnung war für 45qm gut geschnitten, etwas verwinkelt, ja, doch, sie hatte Charme. Ich bekundete Interesse und er sicherte mir zu, dass er sich in der nächsten Woche rühren würde.

Für Sonntag war ich eigentlich mit meinen Eltern verabredet, also beschloss ich die beiden einfach zu Besichtigungstermin Nr. 2 mitzunehmen, obwohl ich etwas Sorge hatte, beim Makler als super unselbstständig anzukommen, wenn ich als 28-jährige meine Eltern zu einer Wohnungsbesichtigung mitnehme. Egal, ich wollte mir auch nicht irgendeine Ausrede einfallen lassen. Irgendwann musste ich sie auch ins Boot holen. Also faselte ich irgendwas von „meine Beziehung läuft gerade nicht so gut, ich will nur mal kucken, ich will noch nicht darüber reden" und schaffte es so auch, Nachfragen zu umgehen. Also packte ich Sonntag vormittags meine Eltern ein und fuhr mit etwas Zeitpuffer zu der angegebenen Adresse, bei der ich um 12:05 Uhr auftauchen sollte. Schon von Weitem hat man die Menschentraube gesehen, die vor der Haustüre des Gebäudekomplexes Schlange standen. Neben mir haben sich 423 Interessenten gemeldet, 120 wurden inklusive mir eingeladen. Als wir die Wohnung dann betraten, war mein erster Gedanke: „Was macht ihr hier alle in meiner Wohnung? Das ist genau meine Wohnung!". Ich habe mich sofort wohlgefühlt. Es war eine 65qm große 2-Zimmer Maisonette Wohnung. Ein kleiner Gang führte an einem Gäste-WC vorbei in einen offenen Wohn-Ess-Bereich mit Zugang zu einem kleinen Garten. Über eine offene Treppe gelangte man ins Souterrain. Hier befand sich das Schlafzimmer, durch eine Schiebetür abgetrennt ein kleines Ankleidezimmer und das Bad. Die Wohnung wurde modernisiert und war auch noch bezahlbar in einem an München anliegenden Landkreis - Es war Liebe auf den ersten Blick. Meine Eltern kamen aus dem Staunen auch nicht heraus. Wir tauschten nur bedeutungsschwere Blicke aus. Ich ließ meinen Namen von der Hausverwaltung abhaken und übergab meinen Papierstoß an Formalitäten. Wieder beim Auto angekommen, kam es über mich. Ich habe einfach losgeheult, weil die Lage so aussichtslos erschien. Wie zur Hölle komme ich an diese Wohnung? Es fühlte sich einfach so gut an. Ich wusste einfach: das passt. Jetzt will ich gar nicht mehr auskommen. Noch im Auto öffneten wir Immoscout und verfassten eine Nachricht:

Hallo Herr Bart,

danke für die Möglichkeit der Besichtigung heute! Ich möchte Ihnen mitteilen, dass ich Feuer & Flamme bin. Die Wohnung ist perfekt für mich. Ich habe heute die Wohnung betreten und mich sofort pudelwohl gefühlt. Meine Eltern waren auch baff. Sie hat einfach die perfekte Größe und beste Lage für mich, um mit der S-Bahn schnell in die Arbeit und in die Stadt und über die Autobahn in meine Heimat zu kommen. Ich kann mir nicht vorstellen, dass ich die Wohnung in den nächsten 10 Jahren wieder aufgebe, dafür ist sie einfach viel zu schön. Ich kann mir vorstellen, dass Sie einen Mieter suchen, der die Wohnung wie sein Eigentum behandelt. Sie können aufhören zu suchen, rufen Sie mich gerne an. Der Champagner steht auch schon kühl, um gemeinsam darauf anzustoßen.

Beste Grüße,

Ella Mavell

Schleimen können wir. Ich klickte auf „Senden."

In der darauffolgenden Nacht konnte ich einfach nicht einschlafen. Es war einfach zu perfekt, ich habe mich so in diese Wohnung verschossen. Mein ganzer Körper kribbelte vor Aufregung. Ich kann mich nicht entsinnen, ein Auge zugemacht zu haben, als ich in den frühen Morgenstunden aufstand, um mich fürs Büro fertig zu machen.

Da saß ich dann auch 2 Stunden später in einem Meeting, als mein Telefon aufleuchtete – eine unbekannte Nummer rief an. Ich entschuldigte mich kurz bei meinem Team, verließ den Meetingraum und rief umgehend die Nummer zurück.

> *Immobilien Bart, Frau Bart am Apparat, was kann ich für Sie tun?*

> *Hi, hier ist Ella, Ella Mavell. Sie haben mich angerufen?*

Meine Stimme zitterte wie Espenlaub.

> *Ah, hallo Frau Mavell, einen Augenblick bitte, ich stelle Sie an Herrn Bart durch.*

Ich konnte hören, dass sie Herrn Bart bei einem Telefonat unterbrach: „Stopp, Frau Mavell ist am Apparat". Herr Bart unterbrach sein Gespräch.

> *Bart?*

> *Hallo Herr Bart, Ella Mavell, Sie haben mich angerufen?*

> *Ja, hallo Frau Mavell, jetzt haben Sie aber Glück gehabt, ich hatte schon die nächsten Bewerber am Telefon und wollte dem Pärchen gerade zusagen. Sie sind ja gerade nicht ans Telefon gegangen. Haben Sie heute um 17 Uhr Zeit, zu uns ins Büro zu kommen, ich würde den Mietvertrag fertig machen?*

Ab da habe ich nicht mehr gescheit zugehört.

Ich verschob einen Termin, um pünktlich um 17 Uhr erscheinen zu können, schrieb in unsere Familiengruppe in WhatsApp einfach nur „Ich habe die Wohnung" und versuchte mich bis abends auf meine Arbeit zu konzentrieren.

Bei der Hausverwaltung angekommen fragte ich natürlich, weshalb gerade ich die Zusage bekommen hätte und nicht jemand von den 119 anderen Anwärtern. Die Antwort: Meine Nachricht hätte ihnen gefallen, schön, dass ich nochmal schriftlich mein Interesse betont habe und dass ich meine Eltern mitgebracht habe, hätte Ihnen auch zugesagt. Ich fragte mich, ab welchem Alter es wirklich peinlich gewesen wäre, die Eltern zu einer Wohnungsbesichtigung mitzunehmen. Ich nickte der Hausverwaltung als Antwort nur zu und wir erledigten die Formalitäten. Ich unterschrieb den Vertrag. Einzug: In 3 Wochen.

Nachdem ich den unterschriebenen Vertrag in der Tasche hatte, stieß ich zu Arbeitskollegen dazu, die sich in einer Bar in der Nähe noch ein Bierchen gönnten. Ich gab meine Story zum Besten: Ich habe innerhalb von 6 Tagen im Münchner Umkreis ohne Vitamin B eine unfassbar schöne und günstige Wohnung gefunden. Ich konnte es selbst noch kaum glauben. Unfassbar, was innerhalb von 24 Stunden alles passieren kann. Auf die Nachfrage, warum ich denn umziehe, antwortete ich einfach nur, dass es zwischen meinem Freund und mir einfach nicht mehr passen würde. Das genügte Gott sei Dank für den Moment.

Natürlich erzählte ich auch von meinem Facebook-Erlebnis. Ich musste den Chat vorlesen, weil es mir sonst niemand geglaubt hätte. Wir lachten schallend und die Diskussion über verschiedenste Beziehungsmodelle und Vorlieben artete genauso wie unser Alkoholkonsum ein wenig aus. Bei der vierten Runde Schnaps erhob ein Arbeitskollege sein Glas und sprach einen Toast aus: „Auf die offene Ehe!".

Es folgte Stille und teilweise verhaltenes Lachen. Der erste, der sich wieder fing, hakte nach:

Auf die offene Ehe? Haha, häh?

Meine Frau und ich, wir führen eine offene Ehe. Das bleibt aber bitte unter uns!

Na, so leicht kommst du uns nicht aus! Das musst du uns schon genauer erklären!

Naja, es ist nicht so, dass wir aktiv auf die Suche gehen, aber wenn uns ein Leckerbissen vor die Nase läuft, beißen wir zu.

Gemeinsam?

Nein, das ist nicht unser Ding. Jeder für sich. Wir haben ein Regelwerk, an das wir uns halten. Dieses Regelwerk haben wir zusammen aufgesetzt, Grenzen definiert. Zum Beispiel: Wir bringen unsere Beute nicht nach Hause.

Ich klinkte mich aus. Mein Kopf konnte heute nicht noch mehr Informationen verarbeiten. Allein, draußen bei einer Zigarette, dachte ich mir nur eins: Ella, du hast es doch schon gestern gewusst, dass du die Wohnung bekommst. Eine Antwort von meiner Mum blinkte in WhatsApp auf: „Ich wusste es. Gratulation!" Jetzt war es also so weit. Ich machte mich auf den Heimweg.

Auch Papa rührte sich am nächsten Morgen: „YES! Glückwunsch! Jetzt musst du uns nur noch erzählen, warum du dich von Niklas trennst, er ist doch n netter und lieber Kerl. Weiß er überhaupt schon, dass du ausziehst?" Nein. Tat er nicht. Er wusste gar nichts. Wir haben seit Tagen kein Wort gewechselt. Er war auch gerade im Urlaub, den wir jährlich zusammen mit Freunden & Familie planten. Ich bin dieses Mal nicht mitgefahren, ich habe „keinen Urlaub bekommen". Ich wollte ihm mit der Nachricht auch eigentlich nicht den Urlaub verderben, aber ausgekommen bin ich auch nicht wirklich, der Vertrag war unterschrieben und mich hat es nur so in den Fingern gejuckt, Umzugskartons zu organisieren und mein Hab & Gut zusammenzupacken. Nachdem ich die andere Wohnung abgesagt hatte, rief ich Nik an und erwischte ihn gerade bei einer Runde Phase 10 mit seinem Onkel.

Was gibt's?

Ich muss mit dir sprechen, allein.

Was ist denn jetzt wieder Ella?

Ich hörte ein genervtes Schnaufen und wie eine Tür zuging. Danach war Stille, bis ich meinen Mut wiedergefunden hatte:

Ich ziehe aus. Ich habe gestern einen Mietvertrag für eine neue Wohnung unterschrieben.

Auch dann war es still am Ende der Leitung. Ich fragte:

Bist du noch dran?

Ja.

Man merkte richtig, dass die Information in ihm rödelte, er die Information langsam verarbeitete.

Nik, möchtest du irgendetwas sagen?

Ich weiß nicht, was ich sagen soll.

Naja, wundert es dich?

Ich weiß nicht, ich dachte nicht, dass es so kommt.

Er war richtig geschockt. Ich merkte, dass er sich gar nicht fing und ich ihn volle Breitseite erwischt hatte.

Wann ist es so weit?

In 2,5 Wochen wahrscheinlich.

Ok. Ich... Ich muss auflegen.

Dann war die Leitung tot.

Ich wunderte mich, dass er das nicht kommen sah. Die letzten Monate herrschte Eiszeit zwischen uns. Wir redeten kaum miteinander, klärten nur das Nötigste ab. Es ist nicht so, dass ich nicht versucht hätte, an der Situation etwas zu ändern, im Gegenteil. Ich habe oft Gespräche initiert, den Kontakt gesucht, ich wollte darüber sprechen, was passiert ist, wie wir uns in diese Lage gebracht haben. Ich habe Bücher mit Titeln wie „Lieben heißt Wollen" verschlungen, ich wollte wieder eine Basis schaffen. Ich bin nicht zu Nik durchgedrungen, er hat unüberwindbare Mauern gebaut. Meist artete mein Versuch, ein Gespräch aufzubauen, in einem riesigen Streit aus.

Das war nicht immer so. Ich lernte Nik auf einem Straßenfest kennen. Eigentlich wollte ich gar nicht hingehen, weil ich mitten in einer Prüfungsphase steckte und mich kurz davor von meinem Exfreund getrennt hatte. Wir waren nicht lange zusammen, als ich festgestellte, dass wir zwar im Bett gut harmonierten, sonst aber nicht gut zusammenpassten. Wir waren einfach grundlegend verschiedene Menschen. Mir ging es aufgrund der Trennung nicht schlecht, hatte aber keine große Lust auf Menschenmengen um mich herum. Außerdem hatte ich genug Ablenkung dank anstehender Prüfungen in Statistik III, Finanzierung & Rechnungswesen und Managementtheorien. Meine beste Freundin hatte sich Sorgen um mich gemacht und mich dazu genötigt, mitzukommen. Ich glaubte eher, dass sie ihren Neuen sehen wollte und nicht allein hingehen wollte. Ich tat ihr den Gefallen und begleitete sie. Als wir ankamen, gesellten wir uns zu einer Gruppe mit ein paar bekannten Gesichtern, die mir irgendwann Nik vorstellten.

Du bist echt: du lebst, du schreist.
Und du lächelst ganz schön weit.
Nicht mim Mund,
nur mit den Augen,
kamst du,
um mein Herz zu rauben?

Nik war mir auf Anhieb sympathisch. Ich mochte seine Grübchen, wenn er lachte. Er war attraktiv, seine hellblauen Augen sahen direkt durch einen hindurch. Wir hatten echt einen lustigen Abend zusammen und als ich mich verabschiedete, fragte er mich nach meiner Nummer. Ich gab sie ihm. Schon am nächsten Tag schrieb er mir. Wir setzten unsere Gespräche vom Vorabend fort und schrieben eine Woche lang ohne Punkt und Komma. Fürs darauffolgende Wochenende verabredeten wir uns zum ersten Date, einer morgendlichen Sonnenaufgangstour in den Bergen. Die Leidenschaft für die Berge teilten wir also schonmal, sehr gut. Dabei blieb es aber nicht. Wir stellten etliche weitere Gemeinsamkeiten bei den darauffolgenden Treffen fest: wir sind beide absolute Dorfkinder, lassen uns aber auch gerne mal in Großstädten treiben, betrieben gerne jegliche Sportarten, verreisten beide gerne, genossen es aber auch, den Sonntagabend auf der Couch mit einer Fertigpizza und einem guten Film zu verbringen. Wir gingen auf Tuchfühlung und stellten Rekorde auf, wie oft am Tag wir es schafften, miteinander zu schlafen. Relativ schnell war ich auch in seinem Freundeskreis integriert. Seine Freunde erklärten mir, dass ich einen heiß begehrten Junggesellen um den Finger gewickelt hätte. Irgendwann stellte er mich als seine Freundin bei seiner Familie vor. Ich sah ihn nur fragend an. Er küsste mich und versank in ein Gespräch mit seinen Eltern. Jackpot, dann war unsere Beziehung also nun offiziell. Die darauffolgenden 2 Jahre waren superschön. Wir genossen das Leben, reisten viel und verbrachten die Wochenenden mit Familie und Freunden. Ich hatte nach dem Studium das Arbeiten angefangen und wir suchten uns eine gemeinsame Wohnung in dem Ort, in dem er aufgewachsen ist.

Angekommen im „Gemeinsam-Wohnen" lebten wir schnell nebeneinanderher. Unsere Gespräche bezogen sich zum Großteil auf Wohnungseinrichtung, Einkaufen, Essen kochen, Smalltalk über den Tag in der Arbeit, wann wir den nächsten Urlaub nehmen und wohin es gehen sollte. Ansonsten waren wir gemeinsam mit Familie und Freunden verabredet oder Nik ging seinen Hobbies nach und traf sich mit seinen Jungs.

Rückblickend betrachtend merke ich, dass ich mich währenddessen um „unsere" Projekte allein kümmerte und wir meistens bei Nik seinen Freunden und Familie waren. Die gesamte Wohnungseinrichtung hatte ich geplant und dann in Absprache mit Nik organisiert. Die Urlaube hatte ich geplant und in Absprache mit Nik organisiert. Die gemeinsamen Aktivitäten hatte ich geplant und in Absprache mit Nik organisiert. Dabei war es nicht so, dass Nik nicht mitreden wollte und ich freie Hand hatte, nein.

Seine Meinung wechselte er wie Unterhosen. Ich glaube, ich präsentierte ihm Einrichtung für 10 Wohnungen, ich hatte komplett ausgearbeitete Routen für Portugal, Island, Dänemark und Sardinien. Am Ende ist es doch Korsika geworden. Um meine Freundschaften und Hobbies hatte ich mich währenddessen nicht sonderlich gekümmert, wann auch. Ich habe ihn einmal gefragt, ob wir nicht auch wieder mehr mit meinen Freunden verbringen wollten, gemeinsam. Er antwortete nur, dass er keine neuen Freunde brauchen würde, er hätte ja welche. Immer öfter ertappte ich mich dabei, wie ich zu ihm sagte: „Echt? Das hast du mir gar nicht erzählt." Banalste Kleinigkeiten, aber auch wirklich wichtige Dinge ließ Nik liebend gerne aus. „Habe ich vergessen." „Ich hatte keine Zeit." Das waren die Ausreden. Ein kleines Stimmchen in mir ignorierte ich gewissenhaft: „Was davon war eigentlich meine Idee? Führe ich das Leben, das ich führen möchte oder führe ich das Leben eines anderen?"

Dann wurde Niks' Tante krank. Es dauerte nicht lange, bis sie starb. Natürlich war seine Familie am Boden zerstört, genauso wie er. Sie hatten immer ein enges Verhältnis. Ich versuchte, Nik und seine Familie emotional zu unterstützen und die Dinge, die anfielen, für sie zu regeln. Vom „Wohnung ausräumen" über „Erbschaft klären" bis hin zu „für Niks' Mama da sein". Für Nik und mich war kaum Zeit. Wenn wir mal ein paar Stunden für uns hatten, verdrückte sich Nik gerne zu seinen Jungs auf ein Bier, beziehungsweise waren es eher 20 Bier. Oft kam er betrunken nach Hause. Mit mir reden wollte er nicht. Ich war der festen Überzeugung, dass es ihm helfen würde, über den Verlust zu sprechen, anstatt seine Trauer in Alkohol zu ertränken. Über seinen Freundeskreis, der inzwischen auch meiner war, bekam ich aber mit, dass er schon über das Thema sprach. Nur mit mir wollte er nicht sprechen. Das führte zu etlichen Diskussionen. „Ella, ich will dich nur schützen und dich nicht damit belasten.", kam dann oft als Antwort auf meinen Vorwurf. Er hat nicht verstehen wollen, dass ich mit drin stecke im Schlamassel und es mir deshalb auch gutgetan hätte, mit ihm einfach mal darüber zu sprechen.

Die Lage spitzte sich immer weiter zu. In der Arbeit bekam ich ein neues großes Projekt, das ich leiten sollte. Eine riesige Chance, um die Karriereleiter weiter hochzuklettern. Ich konnte die Chance nicht ungenutzt lassen und sagte zu, obwohl ich wusste, dass ich gerade kaum Energie hatte für die Einarbeitung und die Überstunden, die dadurch mit Sicherheit anfallen werden. Am kommenden Wochenende waren wir auf einer Hochzeit eingeladen. Natürlich tranken wir alle während der Weinstube über den Durst hinaus. Als die Hochzeit um kurz nach Mitternacht aus war, verließen wir die Lokalität und gingen die Treppen hinunter zu den auf uns wartenden Taxis. Ich ging mit Louisa, einer Freundin voraus, unsere Jungs waren kurz hinter uns auf der Treppe. Da übersah Nik in seinem Rausch eine Stufe und fiel beinahe auf Louisa und mich. Dave reagierte Gott sei Dank in Sekundenschnelle und bekam ihn gerade noch an seinem Sakko zu fassen. Wenn er ihn nicht zu packen bekommen hätte, wären wir zu dritt etliche Stufen die Treppe hinuntergefallen. Ich habe nichts dazu gesagt. Das Taxi brachte uns vier heim und ließ uns am Marktplatz raus. Von hier aus hatten wir jeweils nur noch ein paar Hundert Meter nach

Hause. Ich verabschiedete mich von unseren Freunden, während Nik gar nichts mehr gecheckt hat und schon in Schlangenlinien den Weg nach Hause suchte. Wir schüttelten alle 3 den Kopf über ihn. Dave raunte: „Mach dir nichts draus, Ella, kuck lieber, dass du ihm hinterherkommst und er nicht verloren geht." Oh ja, stimmt, Nik hatte unseren Schlüssel eingeschoben. Ich stiefelte also Nik hinterher, rief nach ihm, doch er hörte nichts. Ehe ich mich versah, sprintete er los. Scheiße! Ich rannte ihm hinterher, verlor meinen linken hohen Schuh, sammelte ihn wieder ein und rannte weiter, aber es war zu spät. Ich sah die Wohnungstüre noch zu gehen. Ich klingelte und hämmerte an die Türe. Durchs Fenster sah ich, dass Nik sich die Treppe hochschliff. „Nik!", rief ich, aber es war vergebens. Ich kramte nach meinem Handy und versuchte unser befreundetes Pärchen, mit dem wir heimgefahren sind, zu erreichen.

Dave ging ans Handy:

„Ella?"

„Ja, ich steh hier vor verschlossener Haustüre."

„Komm zu uns. Geh die Abkürzung, das geht schneller, ich geh dir entgegen ok, da sind ja keine Laternen."

„Schmarrn, bleib du..."

Dave unterbrach mich:

„Ich bin schon auf dem Weg."

„Ok, danke dir Dave.“

„Keine Ursache, bis gleich.“

Als wir bei Dave und Louisa zuhause ankamen, hatte Louisa mir gerade das Zimmer von Ben, ihrem Sohn, hergerichtet. Er schlief heute bei den Eltern von Dave. „Stolper bitte nicht über das ganze Spielzeug hier, ich habe das grade nur so auf die Seite geschoben. Das Bett habe ich dir frisch bezogen und schau mal, hier ist noch eine Flasche Wasser. Klamotten zum Schlafen bringe ich dir gleich noch von mir.“

Ich seufzte.

Danke Euch, das ist wirklich superlieb.

Louisa zwinkerte mir zu:

Alles wird gut, Liebes. Schlaf gut.

Dave fragte:

Du wirst morgen einen Kaffee mögen, oder? Ich werde wahrscheinlich früh wach sein, komm einfach rüber in die Küche.

Ok, mache ich! Gute Nacht!

Gute Nacht!

Ich legte mich in das Kinderbett und versuchte zu schlafen. So ein Idiot, ey.

Als ich am nächsten Tag aufwachte, hörte ich schon jemanden in der Küche. In den Schlafklamotten von Louisa und meinem Handy in der Hand schlich ich in die Küche. Dave hantierte gerade an der Kaffeemaschine.

> *Ja, hey, guten Morgen. Auch schon wach? Hast du schlafen können in dem kleinen Bett?*

> *Jaja, alles gut, keine Sorge, ich bin froh, dass ich Euch gestern noch erreicht habe und ein Dach über dem Kopf hatte. Sag mal, bist du immer so früh auf?*

Dave ließ mir einen Kaffee runter:

> *Tatsächlich ja, seitdem der Kleine im eigenen Bett schläft, kommt er morgens immer zur selben Uhrzeit zu uns ins Bett. Selbst wenn er nicht kommt, wache ich dann auf.*

Er lachte.

> *Jaja, die innere Uhr. Brauchst du Milch, Zucker?*

Ich verneinte und checkte, ob Nik eine Nachricht hinterlassen hatte. Nichts.

> *Ella, Nik wird sich noch nicht gemeldet haben, so betrunken wie er war.*

Ich rieb mir die Augen.

Ja, du hast Recht.

Ich schwieg.

Mach dir nichts draus. Der fängt sich schon wieder. Der hat gerade echt eine komische Phase. Das wird schon wieder.

Ja, bestimmt.

Während Dave kurz zum Bäcker sprang, trank ich meinen Kaffee. Ja, eine komische Phase. Hoffentlich bleibt es nur eine Phase. Louisa betrat die Küche. Wir tauschten uns über die Hochzeit am Vortag aus. Währenddessen blinkte WhatsApp auf, eine Nachricht von Nik: „Wo bist du?" Ich antwortete nicht, frühstückte gemütlich mit Dave und Louisa und machte mich dann auf den Heimweg. Zuhause ignorierte ich ihn und ging auf seine Entschuldigungen und Fragen nicht ein. Ich hatte echt keine Lust, mit ihm zu reden!

Ok, es reicht.
Findest du nicht?
Was passiert,
wenn alles zerbricht?

2 Wochen später vergaß mich Nik Samstagnacht auf einer Party. Wortwörtlich, er war so betrunken, dass er mich einfach vergessen hatte. Nik, sein Freund Korbinian und ich sind mit Niks Auto hingefahren. Ziel war, das Auto stehen zu lassen, ein Taxi heimzunehmen und das Auto am nächsten Tag zu holen. Jedenfalls holten wir uns jeweils einen Drink an der Bar und ich kam ins Gespräch mit alten Schulfreunden. Es war so witzig über die alten Zeiten zu quatschen, dass ich den gesamten Abend mit ihnen verbracht hatte und nur hin und wieder einmal zu Nik und Korbi schaute. Als die Party um 2 aus war, holte ich meine Jacke und wollte die Jungs am Ausgang abfangen. Dort wartete ich 30 Minuten, ans Handy ist keiner von den beiden gegangen, die Menschenmenge lichtete sich, ich fror inzwischen ohne Ende. Von Nik und seinem Freund war keine Spur. Ich checkte, ob Niks' Auto noch dort stand, wo wir geparkt hatten. Es war weg. Um halb 3 versuchte ich also noch ein Taxi zu finden, ich stiefelte zum Bahnhof vor und hatte tatsächlich Glück, ein Ehepaar kam von einer kleinen Kunst-und-Kultur-Mal-Atelier-was-weiß-ich-was-Feier und stiegen gerade in ein Taxi. Ich rannte zu ihnen und fragte, ob ich mitfahren könne. Sie mussten in die andere Richtung, aber das Ehepaar und der Taxifahrer boten mir an, mich mitzunehmen, das Ehepaar nach Hause zu bringen, wieder retour zu fahren und ich müsste auch nur die Fahrt vom Bahnhof dann zu mir nach Hause zahlen. Ich nahm das gerne an, ich war inzwischen komplett durchgefroren. Im Taxi kam dann die Frage, warum ich hier nachts allein rumstiefeln würde. Ich tischte Ihnen irgendeine glaubhafte Story auf, ohne gestehen zu müssen,

dass mich mein liebenswerter Freund einfach stehengelassen hatte. Als mich der Taxifahrer dann endlich um halb 4 vor meiner Wohnungstüre absetzte, stellte ich fest, dass Nik sein Auto auch hier nicht geparkt war. Wenigstens habe ich dazugelernt und meinen eigenen Schlüssel mitgenommen. Nik schlief seelenruhig in voller Montur in unserem Bett. Als ich am nächsten Morgen aufwachte, merkte ich es schon: Meine Nebenhöhlen waren zu, mein Hals tat weh. Super, eine Erkältung hatte ich mir gestern also auch noch eingefangen. Als ich mich umdrehte, war Nik nicht zu sehen. Ich hörte ihn drüben in der Küche rumwerkeln. Als ich aufstehen wollte, kamen Kopf- und Gliederschmerzen dazu. Super!

Ich stiefelte rüber in die Küche und wetterte los:

„Wo wart ihr? Wo ist dein Auto! Du hast mich gestern einfach vergessen!"

„Hey Baby, es tut mir leid, irgendwie habe ich zu tief ins Glas geschaut. Wir haben dich nicht mehr gefunden, wir dachten du bist schon irgendwie heim. Korbi ist gefahren, er war noch fahrtüchtig und hat mich heimgebracht. Das Auto steht bei ihm, er ist damit zu sich nach Hause gefahren."

„Was? Verarsch mich nicht, ihr habt euch einen Cuba Libre nach dem anderen geholt."

„Ne, Ella, da vertust du dich, Korbi hat genau 2 Cuba getrunken und ist dann auf Wasser umgestiegen."

„Auch mit 2 Cuba kann man nicht mehr fahren."

„Ella, schrei bitte nicht so, ich habe einen ganz schönen Schädel auf."

„Du bist echt n Arsch. Danke der Nachfrage, ich bin auch gut nach Hause gekommen."

„Kannst du mich kurz zu Korbi fahren, damit ich mein Auto wiederbekomme?"

„Freilich. Ich habe mich dank dir gestern auch noch erkältet, aber natürlich fahr ich dich zu deinem Drecks Auto."

Stinkwütend machte ich mich fertig, um Nik zu Korbi zu fahren. Dort angekommen, machte Korbi Nik die Tür auf, ich blieb im Auto sitzen. Korbi lachte und klopfte Nik auf die Schulter. Selbst von Weitem war erkennbar, dass auch Korbi einen fetten Kater hatte.

„Von wegen 2 Cuba.", murmelte ich.

Ich fuhr, ohne auf Nik zu warten, nach Hause. Dort angekommen legte ich mich mit Wärmflasche und heißem Zitronentee nach einem ausgiebigen Erkältungsbad wieder ins Bett. Ich musste morgen in der Arbeit echt fit sein und einen Kopf haben für mein Projekt, ich konnte es mir gerade echt nicht erlauben, krank zu sein.

Es folgte ein Festival, auf dem er nach ein paar Stunden Alkoholkonsum an mir vorbei lief und mich nicht einmal mehr erkannt hatte. Eine gute Freundin stand neben mir:"

Ella, lass ihn, er macht gerade eine schwere Zeit durch." Ja, haha. Ich ließ sie stehen und fuhr nach Hause.

Die Welt kann ein furchtbar leerer Ort sein.
Und ich bin komplett ohne Plan.
Und irgendwie ist alles falsch,
was ich tu.

Manchmal weiß ich nicht,
warum ich überhaupt irgendetwas tu.
Mache ich irgendjemanden glücklich,
mit dem was ich tu?
Mache ich mich damit glücklich?
Wenn ich in den Spiegel schau,
sehe ich eigentlich nur „Grau".

Eines Abends arbeitete ich noch, ich hatte mein großes Projekt am nächsten Tag abzugeben. In meinem Perfektionswahn habe ich vollkommen die Zeit vergessen. Als Nik mal wieder mitten in der Nacht klingelte, sah ich auf die Uhr. Es war kurz nach 2 Uhr morgens. Müde und aufgebracht öffnete ich ihm die Tür. Er kam nicht einmal mehr gescheit die Treppe nach oben. Mir reichte es so. Er wusste, dass ich gerade meinen Schlaf brauchte, ich am nächsten Tag mein Projekt abgeben musste. Ich brüllte ihn an, als er an mir vorbei in die Wohnung schlürfte. Wieviel er eigentlich noch saufen möchte. Warum er einfach sein Ding ohne Rücksicht auf mich durchzog. Er konnte nicht mehr geradeaus schauen, geschweige denn antworten. Mir rissen alle Geduldsfäden. Ich beschimpfte ihn, in unser Bett würde er heute bestimmt nicht kommen. Er drehte sich zu mir um, packte mich und schubste mich aus der Haustüre gegen das Geländer. Dann drehte er sich um und ging ins Wohnzimmer. Ich hörte, wie er sich auf die Couch fallen ließ. Dann war Stille. Ich war wie gelähmt. Und dann kamen die Tränen.

Ein paar Stunden später fuhr ich in die Arbeit, gab völlig übermüdet und ausgelaugt mein Projekt ab. Als ich wieder nach Hause kam, war er nicht da. Irgendwie hatte er es in die Arbeit geschafft. Als er nachmittags nach Hause kam und ich ihn zur Rede stellte, spielte er alles herunter.

In den darauffolgenden Tagen war ich wie aus Stein, ohnmächtig. Ich war komplett überfordert mit der Situation. Ich musste aber irgendwie funktionieren. Natürlich musste ich morgens aufstehen und in die Arbeit fahren. Oft habe ich mich aber dabei ertappt, dass ich in Meetings komplett abwesend war, den Gesprächen nicht folgen konnte oder nur blöd in den Bildschirm geglotzt habe, anstatt meine Emails zu beantworten. Nach der Arbeit wusste ich nicht wohin mit mir. Ich mied unsere Wohnung, verabredete mich, versuchte die Verabredungen einzuhalten, was mir nicht oft gelang. Bei Gesprächen mit anderen Menschen versuchte ich den Fokus des Gesprächs weg von mir, auf mein Gegenüber zu lenken. Freunde und Familie erklärte ich bei Fragen, ob zuhause alles in Ordnung sei, dass es gerade schwierig wäre und versuchte mit irgendwelchen Phrasen die Gespräche auf andere Themen zu lenken. Sobald ich nach Hause kam und Nik zuhause war, verschanzte ich mich auf den Balkon oder ins Schlafzimmer, starrte die Wände an und fraß Zigarettenschachteln. Ich war handlungsunfähig.

Nun wo ich hier sitze und nochmal nachdenke,
fällt mir auf: Ich war niemals so kalt wie du.
Du bist so kalt.
Du hast Wände gebaut, sie mit einem grauen Schatten
angemalt
und ich stand davor und hab sie mir fortgewünscht.
Seit wann stehen diese Mauern zwischen uns?

Ich war anscheinend sehr gut darin, mir nichts anmerken zu lassen. Die einzigen Kommentare, die ich zu hören bekam waren: „Hey, du hast abgenommen." Es waren 10kg innerhalb kürzester Zeit. Kein Wunder, ich habe nichts, rein gar nichts runter bekommen. Ich habe mir 100 Fragen gestellt und keine Antworten gefunden. Es dauerte nicht lange, da überkamen mich nachts Panikattacken. Leise und unaufhaltsam krochen sie in mir hoch, bis sie mich komplett eingenommen haben. Ich habe keine Luft mehr bekommen. Die meiste Zeit schlief ich auf der Couch. „Schlafen" konnte man es aber eigentlich nicht nennen. Ich war ständig wach. Mein Körper zwang mich zum Schlafen, wenn er nicht mehr konnte.

Mein Kopf war einerseits komplett leer, auf der anderen Seite fuhren die Gedanken Karussell. Ich habe wochenlang einen für mich unzumutbaren Zustand in Stillschweigen ausgehalten. Ich habe wochenlang komplett gegen mein Fundament gearbeitet. Selbst wenn ich einen Anflug von Mut hatte, mit jemandem darüber zu sprechen, mich guten Freunden oder meiner Familie gegenüber zu öffnen, bremste ich mich selbst wieder aus. Ich hatte zu sehr Angst vor den Reaktionen. Ich habe mich geschämt und mich die ganze Zeit gefragt, was man von mir erwarten würden, wenn ich erzählen würde, was vorgefallen ist. Was passiert dann?

Ich erinnerte mich an das Gespräch mit Dave: „Das ist bestimmt nur eine Phase." Ja, eine Phase, die ganz schön ausgeartet ist. „Alles wird gut.", meinte Louisa ja zu mir. Fuck, es ist überhaupt nichts gut, ich steck bis zum Hals in der Scheiße. Ja, Nik macht gerade eine schwere Zeit durch. Aber irgendwann ist es doch auch mal wieder gut?! Mein Gott, wie zur Hölle habe ich mich da reinmanövriert und wie komme ich da wieder raus? Ich wusste keine Antwort. Ich hatte keinen Plan. Ich habe eigentlich immer einen Plan. Ach was, ich habe immer gleich 5 Pläne. Und scheiße nochmal, wir kriegen das doch irgendwie hin. Wenn es holprig wird, steigt man nicht aus, man schnallt sich an. Ich will nicht aufgeben, ich bekomme das hin. Ist unsere Beziehung noch zu retten? Ist Nik zu retten? Viele Abende führte ich stundenlang Selbstgespräche.

Plötzlich verfiel ich komplett in Aktionismus. Sobald Nik nach Hause kam, babbelte ich los. Gesprächsstoff hatte ich genug aus diversen Beziehungsratgebern, die sich ab sofort in der gesamten Wohnung stapelten und das World Wide Web ist ja auch voll davon. Wir planten sogar kurzfristig noch eine Woche Urlaub. Ich hatte einen kleinen

Lichtblick. Ich kriege das hin. Wir schaffen das gemeinsam durchzustehen! Nik war aber entweder genervt von mir, nickte nur aus Höflichkeit, ohne mir gescheit zuzuhören oder verdrehte die Tatsachen in meinen Augen so sehr, dass ich komplett verunsichert war in Bezug auf meine Gefühle oder Handlungen, auf die ich mich bezog. Er übernahm keinerlei Verantwortung, wies jegliche „Schuld" von sich. Irgendwann zweifelte ich echt an meinem Verstand. Aber ich wusste es nicht besser, ich babbelte weiter. Bis mir die Kraft ausging.

Ich kam am Montag mal wieder zu spät zur Arbeit. Am Sonnabend davor diskutierte ich mit Nik einmal mehr stundenlang. Ohne Ergebnis. Natürlich hatte ich dann mal wieder kein Auge zugemacht. Ich bin morgens nicht hochgekommen. Bis ich endlich bürofertig war, waren es 2 Stunden, nachdem mein Wecker geklingelt hatte. Endlich im Büro angekommen stammelte ich mal wieder nur irgendetwas von einem Arzttermin. Die Ausrede benutzte ich ganz schön oft. Ich fuhr den Laptop hoch und starrte wie gewohnt die ersten Minuten erstmal auf den Bildschirm, ohne ansatzweise meine Finger Richtung Tastatur zu bewegen. Mein Kopf war mal wieder komplett leer.

> *„Ist alles ok bei dir? Wie war es beim Doc?"*

Ich erschrak und versuchte mich wieder in den Griff zu bekommen. Eine befreundete Kollegin stand neben mir. Sie hatte mich eiskalt erwischt, ich war nicht vorbereitet. Ich sah sie nur an und wusste nicht was ich sagen sollte. Kein Wort kam aus meinem Mund.

„Ella, geht es dir nicht gut?"

Mein Kopf schrie mich nur noch an: Nein! Nein, dir geht es nicht gut!

Ich stammelte eine Antwort:

Nein, mir geht es wirklich nicht so besonders.

Möchtest du lieber wieder nach Hause fahren?

Ich kapitulierte. Ich konnte nicht mehr. Ich konnte mich kaum noch auf den Füßen halten.

Ja, ich glaube ich fahre wieder nach Hause.

Ok, kurier dich aus, in Ordnung?

Ja. Danke.

Ich setzte mich ins Auto und fuhr nach Hause.

Ich gehe gern aufs Ganze.
Ich möchte sehen, was passiert,
wenn man nicht aufgibt.
Wenn es holprig wird, steigt man nicht aus,
man schnallt sich an.

Ich will auch eine ganze Menge,
also gebe ich auch ganz schön viel.

Doch wie weit darf man hier gehen,
dem Gegenüber geben,
muss man immer alles versuchen,
sich selbst dabei deshalb verlieren,
vernichten?
Muss ich immer alles zu
hundert Prozent
fühlen,
spüren,
durchleben,
diesen Abgrund komplett hinuntersteigen?

Ich steige in kilometertiefe Löcher,
spaziere bis zum letzten Grab dort unten,
ich erklimme die höchsten Berge,
bis ich mit beiden Beinen fest in den Wolken stehe.
Ich möchte Menschen mitnehmen dorthin,
ich möchte von Menschen mitgenommen werden,
mit in diese Höhen, mit in diese Tiefen.
Ich möchte wissen, was ich da oben spüre,
was sie dort oben spüren.
Ich möchte wissen, was ich da unten fühle,
was sie dort unten fühlen.
Doch wie viele Gräber sind es inzwischen,
die ich jede Nacht besuche?
Und ist es das alles wert?

Ja, mehr Löcher, als Berge. Menschen bewegt man nicht von A nach B, wenn sie nicht wollen. Das gestand ich mir nun ein. Ich gab auf. Eine tiefe Ruhe machte sich in mir breit. Ich legte mich ins Bett und schlief bis Mittwochmittag durch. Das war der Mittwochnachmittag, an dem ich mich auf Wohnungssuche begeben habe. Wahnsinn, das ist erst 4 Monate her.

Ich hab dich abgeschrieben und mich noch mehr.
Ich hab dich gehasst und mich noch mehr.
Ich hab dich ignoriert und mich noch mehr.
Ich hab es dir schwer gemacht und mir noch mehr.

Ich hab um dich geweint und um mich noch mehr.
Ich hab um dich gekämpft und um mich noch mehr.
Ich hab dir die Schuld gegeben und mir noch mehr.
Ich hab dich geliebt. Aber mich noch mehr.

Affäre

Meine Gedanken werden vom Klingeln meines Handys unterbrochen. „STEVEN" steht in großen Buchstaben auf dem Display. Als wir uns kennenlernten, hatte er seine Nummer in mein Handy eingetippt und seinen Namen, warum auch immer, in Großbuchstaben hinterlegt. Ich gehe nicht ran und er legte nach einigen weiteren Malen Klingeln auf. Ein paar Sekunden später kommt eine WhatsApp: „Hast du dich wieder beruhigt? Ich habe heute spontan sturmfrei. Wie wäre es mit einer Runde „Doorway to heaven" später?" und ein lachender Teufelssmiley dahinter.

Steven lernte ich auf der Wiesn kennen, 3 Wochen nach meinem Umzug. Ich hatte schon Monate vorher einen Tisch für den ersten Montagabend mit Arbeitskollegen organisieren können. Gerade als wir voller Innbrunst „Schickeria" von der Spider Murphy Gang mit der dritten Maß Bier in der Hand stehend auf den Bänken mitgrölten, holte ein Mann vom Tisch hinter mir aus und gab mir einen mächtigen Klaps auf den Hintern, der mich beinahe von der Bank fallen ließ. Ich fing mich gerade so am Tisch auf. Ein Typ am gegenüberliegenden Tisch eilte von der Bank runter, zu mir rüber und nahm mir meine Maß ab, Steven. Nachdem er mir von der Bank runtergeholfen hatte, holte er die Security, die den Typen galant aus dem Bierzelt geleiteten. Ich stand währenddessen den Bedienungen etwas perplex im Gang im Weg.

> *Hey, bist du ok? Steven.*

Er hielt mir seine Hand hin. Ich nahm sie:

> *Ella.*

> *Ella? Einfach nur Ella? Schöner Name!*

> *Danke... Äh, danke dir für deine Hilfe!*

> *Keine Ursache. Man sollte seine Grenzen beim Trinken kennen.*

Mmh. Tatsächlich. Ich war immer noch etwas durch den Wind. Er prüfte meine Mimik.

> *Ich wollte gerade eine rauchen gehen. Magst du mitkommen, kurz an die frische Luft?*

Ich nahm das Angebot gerne an. Ich gab meinem Team kurz Bescheid, dann bahnten wir uns einen Weg ins Freie. Er bot mir auch eine Zigarette an.

> *Bist du aus München? Mit wem bist du da heute?*

Er hielt mir die Flamme hin und stopfte, nachdem ich meine Zigarette angezündet hatte, das Feuerzeug wieder in seine melierte Weste. Mir viel jetzt erst auf, wie attraktiv er eigentlich war. An seiner Tracht machte ich fest, dass er Geschmack hatte. Er war von der Sonne gut gebräunt, dunkles Haar lugte unter seinem Trachtenhut hervor, hier und da schon leicht ergraut, glaube ich. Er trug einen 3 Tage Bart, war ein gutes Stück größer als ich. Ich schätzte ihn auf Mitte 30.

Nähe München, ich bin heute mit Arbeitskollegen hier. Und du?

Ach cool, gefühlt sieht man hier immer weniger Münchner. Ich wohne in der Innenstadt. Ich bin mit Kunden heute hier.

Und dafür hast du dir extra noch n schickes Outfit zugelegt?

Es platzte einfach so aus mir heraus. Ich bin so ein Dummkopf. Er lachte. Ich musste mitlachen.

Nein, ich bin in Berchtesgaden aufgewachsen, da gehört in jeden guten Kleiderschrank mindestens ein gut zusammengestelltes Trachtenoutfit!

Er nahm seinen Hut vom Kopf und setzte ihn mir auf.

Du bist aber auch fesch. Und der Hut ist dir zwar zu groß, steht dir aber mindestens genauso gut wie mir.

Das halte ich für eine Lüge.

Du glaubst mir nicht?

Kein bisschen!

Er holte sein Handy hervor, richtete die Kamera auf mich und machte ein Foto von mir.

Schau, ich beweise es dir. Der Hut steht dir hervorragend.

Er hielt mir das Foto vor die Nase.

Naja, er ist halt 3 Liter zu groß und ich kuck echt bescheuert. Danke für die Vorwarnung, dass du n Foto von mir machst.

Hübsche Frauen entstellt nichts! Wo ist unsere Maß? Die haben wir wohl verloren. Komm, wir holen uns eine Neue.

Wir gingen wieder zu unseren Tischen. Steven verabschiedete sich.

Pass auf, dass dich nicht wieder irgend so ein Vollidiot anmacht.

Ich salutierte:

Ai, Ai, Sir!

Er grinste und setzte sich ein paar Meter weiter wieder zu seinen Kunden.

Eine Kollegin fragte mich, ob alles wieder ok sei. Ich bejahte und schwang mich mit meiner neuen Maß zu ihr auf die Bank. Ich lächelte ihr zu und stieg in ihr Geträller ein: Take me home, country roads!

2 Stunden später ging es dem Ende zu. Die Hälfte meiner Mannschaft hatten wir eh schon irgendwie verloren, die anderen schoben sich gemächlich gen Ausgang. Ich hielt nach meiner Kollegin Anna Ausschau, die mir schon im Vorfeld einen Übernachtungsplatz angeboten hatte. War für mich etwas leichter, von ihr aus morgen in die Arbeit zu fahren. Ich blieb an Steven hängen. Er schaute auch gerade in meine Richtung. Er hob die Hand und deutete mir, kurz zu warten. Er war gerade noch dabei sich von seinen Kunden zu verabschieden. Als er sich dann zu mir durchgewuselt hatte, meinte er:

Und? Wo gehen wir jetzt hin?

Ins Bett?

Holla, wir haben uns doch gerade erst kennengelernt!

Er zwinkerte mir zu. Ich war etwas verunsichert:

Ich meinte natürlich ...

Er unterbrach mich. Schon hier wusste ich, dass der restliche Abend nicht wie geplant verlaufen würde. Die Spannung zwischen uns musste doch sichtbar sein! Ich war ja so leichte Beute.

Alles gut, lass dich nicht ärgern von mir. Wie kommst du heim?

Mit der Bahn, eigentlich mit einer Kollegin zusammen, die mir einen Schlafplatz angeboten hat, ich finde sie in dem Gedränge aber gerade nicht.

Na, dann komm, lass uns erstmal raus hier.

Er nahm wie selbstverständlich meine Hand und machte mir den Weg nach draußen frei. Auch draußen fand ich Anna nicht. Am Handy war sie auch nicht zu erreichen. Ich hoffte, ihr Handyakku war einfach nur leer war und sie war schon auf dem Nachhauseweg. Wir ließen uns vom Menschenpulk Richtung Hackerbrücke treiben. Steven erzählte mir beiläufig, dass er verheiratet sei. Gut, dann war das Thema wohl gegessen. Wo mein Freund wäre, fragte er. Ich antwortete, dass ich keinen hätte. Auf der Hackerbrücke lichtete sich die Menschenmenge etwas, eine kleine 2-Mann-Band spielte „Shallow" von Lady Gaga. Steven sang mit. Und das auch noch ziemlich gut. Ehe ich mich versah, nahm er meine Hände, presste mich mit festem Griff an sich und tanzte mit mir an der Band vorbei. Ich hatte schon lange nicht mehr so gelacht.

Soll ich uns noch ein Wegbier holen?

Ich nickte.

Am Bahnhof angekommen beschloss Steven, mich zur Wohnung meiner Kollegin zu begleiten. Frauen dürfen seiner Ansicht nach nicht nachts und dann auch noch zur Wiesn-Zeiten allein mit den Öffentlichen heimfahren. Als ich Google Maps anschmeißen wollte, nahm er mir das Handy aus der Hand, tippte seine Kontaktdaten ein und rief sich selbst an, damit er auch meine Nummer hat. Naja, mir soll es Recht sein. Wir stiegen in die S8. Wir unterhielten uns über Gott und die Welt und verpassten tatsächlich den Rosenheimer Platz, die Station, bei der wir raus gemusst hätten. Mist! Ich musste auch noch echt dringend aufs Klo. Die nächste Bahn retour fuhr in 10 Minuten.

Ich atmete die frische Luft ein.

Steven, ich, ich muss auf die Toilette, ich schaffe es nicht mehr, bis wir bei Anna sind.

Gut, dann lass uns hier schnell gehen, am Ostbahnhof gibt es öffentliche Toiletten.

Mensch, peinlich ey. Wenn mich irgendjemand fragen würde: Hey Ella, was denkst du wie du mal sterben wirst? Werde ich antworten: Grund dafür ist definitiv meine schwache Blase!

Wieder oben am Gleis angekommen, fand ich Steven nicht mehr. Gerade als ich wieder die Treppe nach unten nehmen wollte, hörte ich seine Stimme, er stand direkt hinter mir:

Hey Honey.

Irgendwie hatte die Welt aufgehört sich zu drehen. Plötzlich war es ziemlich still um mich herum. Ich drehte mich um und sah ihn an.

Er lächelte:

> *Gugg, unsere Bahn fährt ein.*

Er nahm wieder meine Hand. Von selbst hätte ich auch nicht gehen können, so butterweich waren meine Knie.

Ehe ich mich versah, standen wir auch schon vor Annas Haustüre.

> *So, da wären wir. Ähm, danke dir Steven fürs Heimbringen, ich rechne dir das hoch an.*

> *Alles gut.*

Ich lächelte ihm zu und drehte mich zum Klingelschild. Ich wollte gerade klingeln, da hörte ich, wie er hinter mich trat und dort verharrte. Ich hielt die Luft an und rührte mich nicht. Nur wenige Millimeter trennten uns. Die Zeit schien still zu stehen. Ich spürte seinen Atem in meinem Nacken. Er hob den Arm, berührte vorsichtig mit seinen Fingerkuppen meine rechte Schulter. Von dort wanderten seine Finger weiter. Er strich meine Haare zur Seite, wandte den Kopf zu mir herunter, berührte mit seinen Lippen meinen Hals. Ich konnte nicht anders, ich legte meinen Kopf zur Seite, lehnte mich an seinen Oberkörper. Seine Lippen wanderten meinen Hals entlang hoch hinter mein rechtes Ohr. Seine Finger bahnten sich ihren Weg Richtung Dekolleté. Er fing an mein Dirndl aufzuknöpfen, bis er genug Platz hatte, mit seiner Hand meine linke Brust zu erreichen. Er kniff in meine Brustwarze, die augenblicklich hart wurde. Es fühle sich an wie eine Erlösung. Ich merkte erst jetzt, wie anstrengend die Strapazen der letzten Wochen waren, wie angespannt ich war. Ich bekam endlich wieder Luft. Es fiel mir so leicht, mich fallen zu lassen.

Dann sackte mir der Kreislauf weg.

Steven, ich kippe gleich um. Ich habe eine Kreislaufschwäche, bitte gib mir hiervon ein paar Tropfen.

Ich kramte in meiner Tasche nach meinen Effortil-Tropfen, die ich dank meines niedrigen Blutdrucks überall mit hinschleppte. Da wurde mir aber auch schon schwarz vor Augen.

Am nächsten Morgen wachte ich vom Geräusch der Kaffeemaschine auf. Ich befand mich in Unterwäsche auf Annas' Couch. Anna lächelte mir zu.

Magst du auch einen Kaffee?

Mein Schädel brummte etwas.

Ja, gerne.

Glaub ich dir, wie geht's dir denn? Wurde es dir gestern etwas zu viel?

Uh, ja, da war was.

Mir ist der Kreislauf zusammengesackt.

Ich setzte mich auf und versuchte die Bruchstücke in meinem Kopf zusammenzufügen. Irgendwie ist Steven mit mir die Treppe hochgeschlurft und Anna half mir in ihrer Wohnung mich aus meinem Dirndl zu schälen.

Gott sei Dank hat dich dein Spezl nach Hause gebracht. Tut mir unheimlich leid, ich hab vergessen mein Handy nach der Arbeit nochmal aufzuladen. Irgendwie haben wir uns dann in der Menge verloren. Gut, dass du dir meine Adresse noch aufgeschrieben hast.

Mein Spezl also.

Alles gut, ist ja alles gut gegangen.

Sag mal, ist der eigentlich Single? Der sieht ziemlich heiß aus. Wie heißt er denn?

Ich wischte mir den Schlaf aus den Augen.

Rob.

Keine Ahnung, warum ich log. Rob kam mir gerade als erstes in den Sinn.

Und nein, er ist vergeben. Verheiratet.

Na, wenigstens das war wahr. Irgendwann auf dem Nachhauseweg hatte er das gestern beiläufig erwähnt. Der Ring ist mir gar nicht aufgefallen.

> *Wie schade. Aber ist eigentlich klar bei so einem Schnittchen.*

Anna drückte mir einen Kaffee in die Hand und verschwand ins Bad. Ich lehnte mich zurück und nahm einen Schluck. Ich ließ den Abend Revue passieren. Scheiße ey, was ist denn da passiert? So viel hatte ich eigentlich gar nicht getrunken.

Eine Stunde später fuhren wir gemeinsam ins Office. Anna erzählte, dass sie kurz vor mir nach Hause gekommen ist und mich gerade anrufen wollte, nachdem sie ihr Handy an die Steckdose gesteckt hatte. Da klingelte es aber auch schon. „Rob" kam mit mir die Treppe hoch und meinte, er sei ein guter Freund und hat Anna über meine Kreislaufschwäche aufgeklärt. Er hätte mir das Dirndl schon etwas aufgeknöpft, damit ich besser Luft bekäme. „So ein Lieber.", meinte Anna.

Oh, Jesus.

Einen Tag später erhielt ich nachmittags eine SMS von Steven. Er fragte mich nach meinem Wohlbefinden und ob ich wieder gut auf die Füße gekommen wäre. Er sei gerade im Büro und musste an mich denken. Ich solle ihm aber bitte ab 17 Uhr nicht mehr antworten, mit einem „Pst"-Smiley am Ende. Er würde sich wieder rühren. Ich blickte auf die Uhr: 17:25. Ich las seine SMS noch einmal. In mir rumorte es.

Eineinhalb Wochen hörte ich nichts, bis plötzlich eine SMS aufpoppte. Steven. Er meinte, er hätte sturmfrei und fragte, ob ich Lust hätte, morgen Essen zu gehen, er würde im Hofbräuhaus reservieren. Ich stimmte zu. Ich wollte herausfinden, was mich dazu trieb, dass ich mich einfach so fallen lassen konnte. Warum ich mich so erlöst gefühlt hatte. Ich wollte wissen, was ich fühlte, wenn ich ihn wiedersah. Wenn ich Lust hätte, könnte ich bei ihm parken und wir fahren gemeinsam mit der Tram weiter. Er gab mir seine Adresse. Ich verließ also pünktlich das Büro und stieg ins Auto. Meine Finger kribbelten. Ich war aufgeregt. Als ich 20 Minuten später bei seiner Wohnung ankam, stand er schon vor der Türe. Er hatte mir eine kleine Parklücke direkt vor seiner Wohnung freigehalten. Shit, er war wirklich so attraktiv wie in meinen Erinnerungen. Er winkte mir zu. Ich fuhr neben ihn und ließ das Fenster herunter.

Steven, ich glaub ich komm da nicht rein.

Mir war das echt peinlich. Ich hatte in meinem 12 Jahre alten Mini-Cabrio noch nicht einmal einen Piepser. Außerdem waren meine Hände auch viel zu feucht, um dieses Lenkrad gescheit zu bewegen.

Klar kommst du da rein, du fährst einen Mini.

Er lachte.

Komm, steig aus, ich mach das.

Ich schnallte mich ab und stieg aus. Steven ging an mir vorbei und setzte sich in mein Auto. Er trug ein richtig gutes Parfum. Nicht zu aufdringlich, männlich. Steven rollte den Fahrersitz zurück und parkte also mein Auto für mich ein. Mit dem Kommentar „Das üben wir zwei nochmal" drückte er mir den Autoschlüssel wieder in die Hand. Ich kann es nicht anders sagen, ja, ich schmolz etwas dahin.

Im Restaurant angekommen, bestellte Steven uns erstmal eine Flasche Rosé. Ich studierte währenddessen die Speisekarte und verkündete dann mit dem Dessert anzufangen, mit der Aussicht, sollte ich nicht satt werden, hinterher noch einen Salat zu bestellen. Er lachte. Ich stieg mit ein und meinte:

Ja, das Leben ist kurz, wer weiß, was mir in der Zwischenzeit passiert. Am Ende entscheide ich mich erst für den Salat und dann stürzt das Restaurant ein und dann habe ich auf das Beste, die Nachspeise, den Apfelstrudel mit Sahne und Vanilleeis, verzichtet.

Plötzlich wurde er ernst.

Ich stelle mir unter Nachspeise etwas anderes vor.

Meine Ohren wurden heiß. Scheiße, ich glaube ich laufe gerade echt rot an. Er zog mich währenddessen mit seinen Augen aus. Ella, konzentrier dich, wies ich mich selbst im Stillen an. Gott sei Dank kam der Kellner mit unserem Wein. Ich ignorierte also seinen Kommentar und babbelte weiter:

Oder noch schlimmer: Ich habe nach dem Salat keinen Hunger mehr. Was gut passieren kann, ich esse momentan nicht so viel, ich habe irgendwie keinen Hunger.

Warum?

Ich blickte in mein Weinglas. Ich weiß nicht, wie lange ich schwieg, bis es aus mir herausplatze:

Ich Freund ist handgreiflich geworden. Also mein Ex-Freund.

Steven brauchte kurz und musterte mich dann.

Wie bitte?

Etwas lauter antwortete ich:

Ich Freund ist handgreiflich geworden. Also mein Ex-Freund.

Es war das erste Mal, dass ich das so aussprach. Mitten in einem Restaurant. Und mein Gegenüber eigentlich ein Fremder. Ich hatte auch irgendwie das Gefühl mich rechtfertigen zu müssen für meinen Aussetzer nach der Wiesn. Ich mein, ich bin eigentlich keine Frau, die, ja, was eigentlich, sich befummeln lässt von jemanden, den man gerade erst kennengelernt hat und der verheiratet ist.

Steven schenkte uns jeweils ein Glas Rosé ein.

> *Was ist passiert?*

Ich kramte nach ersten Sätzen. Und plötzlich sprudelte es aus mir, ich erzählte ihm alles und ließ nichts aus. Ich redete mir plötzlich alles von der Seele. Wir hatten schon aufgegessen, als ich meinen Monolog beendete. Der arme Kerl, jetzt habe ich ihn auch noch mit meinen Problemen vollgesülzt und sitze hier wie eine psychisch Gestörte.

Seine Antwort:

> *Da war ja grob was im Argen.*

> *Jup.*

> *Und wie geht es dir seitdem du ausgezogen bist?*

> *Ich habe immer noch Panikattacken. Sie kommen urplötzlich, wandern dann gefühlt über den Nacken in den Kopf hoch und nisten sich dort ein.*

Mir fiel es einfach so unheimlich leicht, so offen mit Steven darüber zu sprechen. Steven sah mich mit sanftem Blick an:

> *Meinst du, es würde dir helfen, dir professionelle Unterstützung zu holen?*

Ich überlegte und zuckte mit den Schultern.

> *Keine Ahnung. Vielleicht. Kein Plan....*

Steven schwieg. Ich wechselte das Thema und zwinkerte ihm zu:

Aber bei Euch scheint ja auch nicht alles in Butter zu sein. Wo ist deine Frau eigentlich?

Die ist beruflich unterwegs. Und ja, du hast Recht. Das erzähl ich dir aber ein anderes Mal. Genug für heute. Ich zahle.

Ich habe mich nicht getraut zu widersprechen.

Bei Stevens Wohnung angekommen, sperrte ich mein Auto auf.

Hast du noch Lust auf einen Absacker? Mir ist gerade danach.

Ich lachte:

Und das fällt dir jetzt erst ein?

Jep.

Er sah mich an.

Komm, wir fahren noch auf ein Bier zu dir.

Was? Die Bars sind hier überall ums Eck und wir stehen vor deiner Wohnung. Zu mir brauchen wir

*um die Uhrzeit wahrscheinlich 25 Minuten und wie
kommst du dann überhaupt heim?*

Das lass mal meine Sorge sein.

Er stieg einfach in mein Auto.

Ich haderte. Spricht ja grundsätzlich nichts dagegen. Auf
der anderen Seite weiß ich doch ganz genau, wo das endet.
Vielleicht hoffte ich das auch. Fuck! Ella, du verbrennst
dich. Ella! Du verbrennst dich! Am liebsten würde ich mit
meinen beiden Beinen auf der Stelle trampeln.

Steven öffnete die Beifahrertür.

Ella.

Er fragte nicht: Ella? Er sagte: Ella. Ich seufzte, stiefelte um
mein Auto herum, öffnete die Fahrertüre, setzte mich, richtete den Sitz wieder in meine Position und fuhr los.

Bei mir angekommen nahm ich Steven seine Jacke ab
und führte ihn in die „Küche". Küche konnte man einen
Kühlschrank, eine Spülmaschine, einen Campingkocher
und Geschirr in Umzugskartons nicht nennen. Steven
lachte und öffnete den Kühlschrank. Gott sei Dank hatte
ich noch ein paar Bier, das ich gekauft hatte für die Um-
zugshelfer. Steven nahm 2 Bierflaschen heraus, während
ich in einem Umzugskarton nach einem Flaschenöffner
fischte. Ich drückte ihm den Öffner in die Hand. Mit den
Bierflaschen in der Hand führte ich Steven durch die Wohnung. Ich erklärte ihm, wo die Couch einmal statt meinem
cognacfarbenen Ledersessel stehen sollte, und zeigte ihm

meinen kleinen Garten. Bei einer Zigarette brainstormten wir, welche Gartenmöbel sich auf der kleinen Terrasse anbieten würden und Steven erklärte mir, wo irgendwann mein neuer Grill zu stehen hat. Dann führte ich ihn die Treppe runter ins Souterrain.

> *Du bist das letzte Mal als wir uns gesehen haben, einfach umgekippt.*

Mmh, ja, sorry, da wollte ich mich noch entschuldigen dafür.

> *Entschuldigen? Wofür entschuldigen? Kannst du doch nichts dafür!*

Ich glaube für Außenstehende ist das immer etwas befremdlich und angsteinflößend. Ich merke immer erst kurz davor, dass ich umkippe und ich versuche dann die Menschen um mich herum noch kurz aufzuklären und Anweisungen zu geben, was sie zu tun haben, wenn ich es nicht mehr schaffe, meine Tropfen selbst zu nehmen. Wenig Schlaf, zu wenig gegessen, den ganzen Tag unterwegs... da hat es mir etwas die Schuhe ausgezogen.

Er lehnte sich an die Wand. Wir sind mittlerweile im Schlafzimmer angelangt.

> *Aha. Wenig gegessen also.*

Er nahm einen Schluck Bier und sah mich mit loderndem Blick an.

Meinst du, dass es wirklich daran lag?

Ähm, ja.

Ich lachte:

Da habe ich eine witzige Geschichte auf Lager. Ich hatte mal ein Bewerbungsgespräch und ich war so aufgeregt, dass ich davor keinen Bissen runter bekommen habe. Auf dem Heimweg war es in der Bahn so unheimlich schwül und ich hatte nichts zum Trinken dabei.

Er ließ mich nicht aus den Augen, während ich weiter stotterte:

Da habe ich auch gemerkt, dass es mir den Kreislauf zusammenhaut und ich gleich umkippe und hab nach meinen Tropfen gekramt und den Typen neben mir angesprochen: „Mir haut es gleich den Kreislauf zusammen, ich habe eine Kreislaufschwäche. Bitte nicht erschrecken, ich habe hier Tropfen, die ich nehmen muss. Wenn ich das gleich selbst nicht mehr schaffe, können Sie mir bitte 10 Tropfen einflößen?

Steven nahm mir mein Bier aus der Hand und stellte unsere beiden Flaschen auf mein Nachtkästchen.

– und dann war ich auch schon weg. Ich habe nur noch mitbekommen, dass mich der Typ auf den Boden gelegt hat und eine Frauenstimme rumgekreischt hat: „Was hat die denn genommen? Die Jugend von heute mit ihren Scheiß Drogen."

Ich gestikulierte wild mit meinen Armen. Steven grinste, nahm meine Hände und führte mich rücklings zum Bett. Die Bettkante in meinen Waden ließ mich aufs Bett plumpsen. Steven ging in die Hocke und zog mir sanft die Socken aus. Ich rollte meine nackten Zehen ein. Er richtete sich auf, schaute mich an und atmete tief aus. Er nahm meine Hand und platzierte sie auf seiner Hose, direkt über seinem Gemächt. So stand er gefühlt Stunden vor mir. Seine Hose beulte sich immer mehr aus. Er nahm meine Hand am Handgelenk zur Seite, um seine Hose aufknöpfen zu können. Er zog sie ein Stück weit nach unten und befreite seinen Penis aus seinen Boxershorts. Dann legte er seinen Penis in meine Hand. Ich musste schlucken. Ich massierte ihn. „Zieh deine Hose aus.", wies er mich dann an und trat beiseite. Ich stand auf, folgte seinen Anweisungen. Ohne mich aus den Augen zu lassen, zog er sein Shirt aus und fasste sich dann selbst an. Ich setzte mich wieder. Gott, sah er gut aus. Er legte den Kopf in den Nacken und stöhnte leise. Er kam zu mir, seine Hände umgriffen meinen Kopf. Ich hatte seinen erigierten Penis direkt vor meinem Gesicht. Er dirigierte ihn in meinen Mund und bewegte sich vorsichtig, aber bestimmt, vor und zurück. Ich wollte in seinen Takt einsteigen und ihn zusätzlich mit meinen Händen befriedigen. „Nein!", wies er mich an und schaute zu mir hinunter, sein Penis immer noch im Mund. „Mach es dir selbst.". Ich fing an, mich über dem Slip an meiner Klitoris zu massieren. „Spreiz die Beine." Ich folgte ihm. Er fand wieder seinen Takt, diesmal etwas schneller, mich nicht aus den Augen lassend. „Zieh deinen Slip auf die Seite." Mein Tanga war inzwischen feucht. Er griff in mein Top, in meinen BH, versuchte meine Brüste zu befreien, spielte mit meinen steifen Nippeln. Sein Blick wanderte von meinen Brüsten zu meinem Intimbereich und wieder zurück.

Er ließ von mir ab. Ich holte Luft und hörte auf, mich zu massieren. „Streck deine Arme nach oben." Er öffnete mir den BH und zog ihn mir mit meinem Top aus. „Nimm die Hände hinter den Rücken." Meinen eh schon verrutschten Slip drapierte er auf die Seite. Er ging ein paar Schritte zurück. Sein Blick haftete auf meinen Brüsten und meinem Intimbereich, während seine Hand seinen Penis umschloss und er es sich auf eine ziemlich harte Weise selbst machte. Ich sah ihm zu und rührte mich nicht. Er ließ sich Zeit.

Irgendwann ließ er von sich ab und atmete tief durch. „Komm her und lass die Hände oben." Ich stand auf und ging zu ihm. Er drehte mich um und zog mir den Slip aus. Ich fing ihn mit meinem rechten Fuß auf und zog ihn mit den Zehenspitzen auf die Seite. Er fuhr an meinen erhobenen Armen entlang und machte mir deutlich, meine Finger in der Luft zu verschränken. Dann wies er mich mit der Hand an meinem Innenschenkel an, meine Beine zu spreizen. Ich gehorchte. Ich spürte seine Latte an meinem Rücken. Er gab mir einen Klaps auf den Hintern. Dann fuhren seine Finger ohne Vorwarnung in mich hinein. Ich machte einen Laut, knickte mit meinem linken Knien ein und wollte die Arme herunternehmen. „Nein. Rühr dich nicht!" Ich sog laut Luft ein und brachte mich wieder in Stellung. Er befriedigte mich mit seinen Fingern, während er sich selbst einen hobelte. „Nimm ihn in den Mund." Ich drehte mich um und kniete mich vor ihn. Ein paar Sekunden später kam er mit lautem Stöhnen.

Er sah satt und müde aus, als er seine Boxershorts wieder anzog. Ich versuchte an meinen Slip zu kommen.

Gehen wir ins Bett?

In meinem Hirn waberte nur Nebel. Ich krächzte:

Ja.

Er verschwand ins Bad. Ich zog mir währenddessen wieder meinen Slip und in der Ankleidekammer ein Schlafshirt an. Ich hörte, wie die Badezimmertüre aufging, Steven zum Bett ging und die Bettdecke anhob. Ich lugte ins Schlafzimmer. Er legte sich auf die linke Seite. Ich tapste rüber auf die rechte Seite und zog mir die Bettdecke zurecht. Mein Herz pochte immer noch bis zum Hals.

Gute Nacht, Ella.

Gute Nacht.

Er drehte sich weg von mir. Mir fielen sofort die Augen zu.

Als am nächsten Morgen der Wecker läutete, war Steven schon weg. Ich drückte auf Schlummern und versank wieder in meinem Kissen. Ich atmete tief durch. Ach, Ella. Du wusstest, dass das passiert. Es war aber einfach so unheimlich geil. So geil, dass ich gar nicht kommen konnte. Komisches Gefühl. Meine Hände bahnten sich ihren Weg unter der Bettdecke abwärts zu meinem Intimbereich. Es dauerte nur kurz, dann kam ich, so angetörnt war ich noch vom vergangenen Abend. Oder war es schon Nacht? Ich hatte keine Ahnung, wann wir ins Bett sind. Ich schnappte mir mein Handy und schrieb Steven eine SMS. Auf meine Frage, warum er, ohne mich zu wecken, gegangen ist, antwortete er kurz darauf, dass ich noch so tief und fest geschlafen hätte, er wollte mich noch etwas schlafen lassen.

Nachdem ich geduscht und mich bürotauglich angezogen hatte, schnappte ich mir die 2 Bierflaschen. Steven hatte sein Bier ausgetrunken, meine Flasche war noch halb voll. Ich hopste die Treppe hoch ins Wohnzimmer. Hatte ich eine Antwort auf meine Frage, was mich an Steven so immens anzog, warum ich mich bei ihm so fallen lassen konnte? Er war mehr als dominant gestern, so hätte ich ihn gar nicht eingeschätzt, aber darüber nachgedacht hatte ich eigentlich auch nicht wirklich und mich hätte ich ehrlich gesagt auch nicht so eingeschätzt, dass mir das gefällt und ich da mitmachen würde. Und eigentlich war mir das gerade auch egal. Ich hatte seit Wochen endlich mal wieder durchgeschlafen, ohne nächtliches Wachliegen und Anflügen von Panikattacken.

Bevor ich ins Büro fuhr, checkte ich nochmal meine Nachrichten. Steven schrieb, ich solle nach 17 Uhr nicht mehr zurückschreiben, seine Frau käme da nach Hause. Na, mir soll es Recht sein.

Ich bin frei, so frei -
und dann bist da du.
Mit Händen voll Sternschnuppen
läufst du auf mich zu.
Lass es brennen, lass es geschehen,
vielleicht bin ich die eine.

Ich hab die Dunkelheit gespürt, die pechschwarze Nacht.
Also hab ich dich zu meinem Wächter gemacht.
Halt mich fest und mach, dass ich wieder leben kann,
sehen kann.
Ich bin wie ein kleines Kind,
ein kleines Mädchen,
das ohne Licht nicht einschlafen kann.

Lass uns von hier verschwinden,
es wird uns niemand finden.
Ich brauch dich.
Du mich auch?
Das ist mein wunder Punkt.
Du bist
mein Wunder.
Punkt.[2]

Steven traf ich seitdem regelmäßig. Er rührte sich immer

[2] Vgl. Andrea Weidlich: *Der geile Scheiß vom Glücklichsein: Wie man*
das Glück nicht sucht und trotzdem findet

von sich aus, sobald er „sturmfrei" hatte und wies mich nach unserem Treffen mit 🐵 wieder an, ihm nicht mehr zu schreiben, er würde sich wieder rühren.

Ich glaube, es war das vierte Treffen, als er mir kurz vor seinem Orgasmus ins Ohr raunte:

> *Wir brauchen Spielzeug!*

Oben am Küchentisch durchforsteten wir also das Internet und legten Seile, eine Gerte und Brustwarzenklemmen in den Warenkorb.

> *Wie wäre es mit einem Analplug, Ella?*

Ich schaute ihn verdutzt an.

> *Du spinnst doch. No way!*

> *Komm, der ist im Angebot. Lass es uns ausprobieren.*

Ein Analplug. Ich lachte.

> *Ne, Steven, wirklich nicht.*

Steven feixte:

> *Doch, das wird dir gefallen, glaub mir!*

Er legte auch den Analplug in den Warenkorb.

Braucht man da nicht auch Vaseline dazu?

Ne, so feucht wie du immer bist...

Mir stieg das Blut in den Kopf. Steven präsentierte mir den Warenkorb. Ich scrollte nach unten und inspizierte etwas das aussah wie ein Pizzaschneider, nur mit Zacken, betitelt als „Medizinisches Rad".

Steven, was ist das??

Ich hielt ihm das Handy vor die Nase. Stevens' Augen loderten auf.

Das Ella, wird dich sofort wahnsinnig machen. Warte ab.

Ich schüttelte ungläubig den Kopf.

Was wir jetzt noch brauchen sind Kerzen. Hast du Kerzen im Haus? Eiswürfel brauchen wir auch, die hast du ja da.

Ich verneinte, fragte auch gar nicht weiter nach, was Steven mit Kerzen wollte und bestellte diese zusätzlich.

Zeig mir deine High-Heels.

Ich ging zu meinem Schuhschrank und präsentierte ihm die 3 Paar High-Heels, die ich fürs Büro hatte.

Ne, Ella, da brauchst du auch Neue.

Warum brauche ich neue High-Heels? Gefallen die dir nicht?

Ne, die sind zu flach.

Aha. 8 Zentimeter Absätze sind also zu „flach"!

Und jetzt führst du mir deine Dessous vor.

Meine Dessous?

Ja, du wirst doch neckische Unterwäsche haben.

Steven spazierte runter in mein Ankleidezimmer. Ich folgte ihm.

Wo finde ich die, Ella?

Ich kramte nach 2 BHs und den dazu passenden Spitzen-unterhöschen und hielt sie ihm hin. Steven konnte sich ein Grinsen nicht verkneifen.

Ok. Deinem Kleiderschrank müssen wir also auch ein Update verpassen.

Wir machten es uns auf dem Bett gemütlich und Steven zeigte mir, was er sich unter erotischen High-Heels und Unterwäsche vorstellte. Am Ende bestellten wir eine

Korsage, die nicht dafür da war, Brüste zu verdecken, einen Body, der nur einen halben Quadratzentimeter meines Intimbereichs verdeckte und 2 Paar 10cm-Plateau-Stilettos, einmal schwarz, einmal rot, bei denen ich Steven erklärte, dass ich keine 2 Meter damit laufen könne, geschweige denn darin stehen könnte.

Steven begutachtete mein Schlafzimmer.

Musst du auch nicht. Außerdem helfen dir die Fesseln, die ich dir anlegen werde, beim Stehen.

Häh?

Zeig ich dir dann Baby! Doorway to heaven.

Doorway to was?

Einfach bestellen, Ella.

Ich ergab mich.

Als die Pakete ankamen, packte ich sie natürlich gleich aus. Der Body war ein Hauch von Nichts, die Korsage bekam ich selbst nicht einmal gescheit angelegt und die Stilettos, Gott, what the hell, ich stakste mit ihnen angezogen wie ein Storch durch die Wohnung. Ich begutachtete mich im Spiegel. Naja, heiß war es schon. Ich grinste mich im Spiegelbild selbst an. Die Kerzen verstaute ich in der Küche und in meinem Gefrierfach waren jetzt nun auch Eiswürfel eingefroren. Die Sex Toys kamen als Letztes an. Ich reihte diese vor mir auf: Ein rotes Seil, ein schwarzes Seil, eine Gerte, wie man sie vom Reiten kennt, Brustwarzen-klemmen, die aussahen wie mit einer Kette verbundene Wäscheklammern, ein Analplug, den ich gar nicht erst anrührte und der Pizzaroller, wie ich ihn getauft hatte. Ich nahm ihn in die Hand und fuhr damit auf der Innenseite meines Unterarms entlang. Na, das kann ja was werden. Mit gemischten Gefühlen wartete ich auf ein Lebenszeichen von Steven.

Steven schrieb mir also einmal wieder an einem Mittwochabend, dass er am Donnerstagabend sturmfrei hätte. Ob die Pakete alle angekommen wären und wir diese austesten wollten, mit einem grinsenden Teufel als Smiley dahinter. Eigentlich war ich mit einer guten Freundin auf einen Drink verabredet. Ich sagte ihr ab, mit der Begründung, dass es mir nicht so gut gehe und antwortete Steven: Ja, wann bist du circa da?

Als ich Steven die Tür öffnete, sah er erschöpft aus. Ich fragte ihn:

Hey, ist alles ok?

Er verneinte, schloss die Wohnungstür, nahm mein Gesicht in seine Hände, drückte mich gegen die Wand und küsste mich. Gott sei Dank hielt er mich fest, sonst wäre ich umgekippt, meine Beine waren wie aus Gummi. Als er von mir abließ, grinste er mich an:

Ich habe Hunger. Sollen wir uns eine Pizza bestellen?

Ich kam gar nicht dazu ihn zu fragen, was los ist.

> *Und bevor du sagst, du hast keinen Hunger, ich be-*
> *stell dir eine mit. Die brauchst du als Grundlage.*

Mir wurde etwas flau im Magen. Wir setzten uns an den Küchentisch.

> *Was magst du?*

> *Eine Margarita.*

> *Ok. Und ich nehme eine Diabola.*

Er zog mich über den Küchentisch an sich, küsste mich und nuschelte:

> *Die passt zum heutigen Abend.*

Ich konnte jetzt schon kaum mehr gescheit denken.

> *Was ist nochmal deine Adresse?*

Ich gab sie ihm und Steven bestellte. Ich öffnete uns währenddessen jeweils ein Bier, wir unterhielten uns über die Arbeit und meine neue Küchentheke und warteten aufs Essen.

Nach dem Essen zündeten wir uns eine Zigarette auf der Terrasse an.

> *Wo hast du die Kerzen hin geräumt?*

Die liegen in der Holzkiste unterm Tresen.

Gut, dann fangen wir als Einstieg damit an.

Wir rauchten unsere Zigaretten fertig und gingen wieder in die Küche. Steven kramte nach den Kerzen.

Wo sind die Sextoys?

Ich hatte diese in der Verpackungskiste gelassen und ins Wohnzimmer gestellt. Ich holte sie und stellte sie auf den Küchentisch. Steven legte die Kerzen daneben und packte die Toys aus.

Zieh dir die Dessous und die High-Heels an.

Ich fragte nur:

Welche?

Egal.

Ich nahm die Treppe runter ins Souterrain und suchte das schwarze Paar Stilettos und den Body heraus. Vor dem Spiegel zog ich mich aus und den Body an. Ich versuchte so gut es eben mit ein paar Quadratzentimeter Stoff ging, meine Brüste und meinen Intimbereich zu verdecken. Ich Dummkopf, dachte ich mir, als ob das etwas nützen würde. Ich griff nach den Stilettos und ging wieder nach oben. Steven wartete bereits oberkörperfrei auf mich. Seine Socken hatte er auch ausgezogen. Mir war heiß und kalt zugleich. Meine Nippel standen schon jetzt. Er hatte die Vorhänge etwas zugezogen und den Küchentisch präpariert: Das schwarze Seil spannte er unter dem Tisch hindurch, sodass die beiden losen Enden auf dem Küchentisch lagen. Das rote Seil lag unter dem Tisch nahe den vorderen Tischbeinen. Auf dem Tisch lagen die Kerzen, ein Feuerzeug, die Nippelklemmen und der Pizzaroller.

> *Zieh die High-Heels an und stell dich mit dem Rücken zur Tischkante.*

Ich gehorchte. Meine Finger umklammerten die Tischkante. Steven berührte meine Oberschenkelinnenseiten. Ich sollte meine Beine spreizen. Er ging in die Hocke. In Windeseile band er meine Fußfesseln an den Tischbeinen fest. Als er sich wiederaufrichtete, strich er mit seinen Fingern meine Beine entlang nach oben und machte Halt an meinem Intimbereich. Ich sog Luft ein. Er schlug einmal sachte mit seinen Fingern gegen meine Schamlippen.

> *Oh, Ella, so gefällst du mir.*

Ich konnte nur schlucken.

> *Nimm die Arme nach oben.*

Ich gehorchte und kreuzte meine Finger ineinander. Steven ging einen Schritt zurück, öffnete seinen Gürtel und knöpfte ohne mich aus den Augen zu lassen, seine Hose auf.

Er holte seinen schon erigierten Penis heraus und machte es sich langsam selbst. Kurze Zeit später griff er zum Pizzaroller. Vorsichtig setzte er die Zacken an der Innenseite meines rechten Armes an und rollte langsam nach unten in Richtung meiner Achseln. Mein Körper erschauerte. Mit der anderen Hand massierte er weiter seinen Penis. Puh. Mein Hirn war Matsch. Meine Klitoris rührte sich sofort. Als könnte er meine Gedanken lesen, lies er seinen Penis los, griff mir zwischen die Beine, zog den Stoff des Bodys auf die Seite und massierte mich. Ich schloss die Augen und stöhnte laut. Ich konnte hören, dass auch Stevens' Atem schneller ging. Der Pizzaroller wanderte weiter über den Stoff des Bodys, der meine Brüste bedeckte, hinweg. Er hörte auf mich zu massieren, nahm meinen rechten Arm herunter und streifte mir den BH-Träger über die Schulter. Er legte meine rechte Brust frei und bearbeitete diese vorsichtig mit dem Pizzaroller. Ich wollte meine Arme herunternehmen, mich an der Tischkante festhalten.

Ella, nein!

Ich riss mich zusammen und nahm meine Arme wieder nach oben. Stevens' Mund öffnete sich leicht, als er wieder an sich selbst Hand anlegte. Meine Nippel schmerzten leicht. Es war ein süßer Schmerz, aushaltbar, antörnend. Dann befreite er auch meine zweite Brust vom Stoff. Die Stacheln bohrten sich leicht in meine Brustwarzen.

Steven griff zu den Nippelklemmen und sah mir dabei tief in die Augen.

> *Alles ok?*

Ich krächzte:

> *Ja.*

> *Habe ich zu viel versprochen?*

> *Nein.*

Ich war total elektrisiert.

Steven öffnete eine Klammer und setzte sie mir behutsam erst auf die linke Brust. Ein kleiner Schmerz durchfuhr meine Brustwarze. Mein linkes Bein zitterte.

> *Ok so?*

Ich musste kurz überlegen.

> *Ja.*

Steven öffnete auch die zweite Klammer und platzierte sie auf meiner rechten Brust. Mein linkes Bein hörte nicht auf zu zittern. Steven griff mir zwischen meine Beine, massierte meine Klitoris. Mein Gott. Ich bekam kaum Luft. Mit der anderen Hand ergriff er die Metallkette, die zwischen meinen Brüsten baumelte und die beiden Klemmen verband. Er zog leicht daran und ergötzte sich an diesem Anblick. Mein Kopf war wie leergefegt. Keine Ahnung, ob ich jemals schon so etwas geiles erlebt hatte.

Er ließ die Kette fallen und fasste sich selbst an, wieder auf eine relativ harte Weise, die ich so noch nie gesehen hatte. Er machte mich sowas von scharf. Ich war wieder einmal klitschnass.

Steven zündete währenddessen eine Kerze an und ließ diese etwas herunterbrennen. Ich schaute ihn nur ungläubig an. Er grinste mich an:

Bereit?

Ich suchte nach Worten in meinem Kopf.

Ich weiß nicht mal, wofür.

Lehn dich etwas zurück.

Ich nahm meine Arme herunter und umgriff die Tischkante und verlagerte mein Gewicht etwas auf den Tisch, ich konnte mich kaum mehr auf den Füßen halten. Ich lehnte mich so gut es ging, zurück. Steven hob die Kerze über meine linke Brust und massierte seinen Penis währenddessen weiter. Ich sah das Wachs heruntertropfen. Als es auf meinen geschwollenen, eingeklemmten Nippel aufkam, bäumte ich mich auf. Das nenne ich mal einen Endorphin-Adrenalin-Cocktail vom anderen Stern. Steven stöhnte und machte weiter. Meine Beine zitterten.

Steven, ich kann nicht mehr. Ich kann nicht mehr stehen.

Steven blies die Kerze aus, legte sie auf den Tisch und machte befreite meine Fußfesseln. Er half mir mich auf die Tischkante zu setzen. Wir ringen beide nach Atem.

> *Leg dich zurück.*

Nichts lieber als das. Er drückte mich an den Schultern Richtung Tischplatte. Ich atmete durch. Steven band meine Füße wieder an den Tischbeinen fest, diesmal etwas weiter oben. Dann nahm er meine Arme und legte sie mir über meinen Kopf. Er benutzte das schon zurechtgelegte zweite Seil, um meine Handgelenke zusammenzubinden.

> *Shit. Ich habe die Gerte vergessen. Ach, scheiß drauf.*

Er zog seinen Gürtel aus den Schlaufen seiner Hose. Gott, was passiert jetzt?

> *Was ist dein Safe-Word, Ella?*

> *Mein was?*

Mein Gehirn funktioniert schon seit… wie lange machen wir das jetzt schon?... nicht mehr. Steven antwortete leise:

> *Dein Safe-Word.*

Er wickelte den Gürtel um seine Hände, bis nur noch ein kurzes Stück Leder übrig war. Ich suchte in meinem Kopf nach irgendeinem Wort, das ein Safe-Word sein könnte. Steven sah mich an und strich vorsichtig mit dem Gürtelende über meinen Intimbereich, der offen vor ihm lag.

> *Ella ich brauche ein richtig unsexy Wort, völlig aus dem Zusammenhang gerissen.*

> *Bienenstich.*

Steven lachte. Ja, das war das einzige, das mir einfiel.

> *Ok. Sobald du Bienenstich sagst, höre ich auf. Ok?*

> *Ok.*

Ich hielt den Atem an. Er griff mit seiner freien Hand das Gürtelende, spannte es und ließ es auf meine Klitoris schnellen. Ich sog laut Luft ein und stöhnte. Mein Oberkörper wollte sich aufbäumen, die Fesseln ließen dies aber nicht zu. Vor meinem inneren Auge blitzen kunterbunte Sterne. Steven wiederholte das, diesmal mit einem längeren Stück Gürtel. Das Leder schnellte auf meine Schamlippen, auf meine Innenschenkel, auf meinen Bauch, auf meine Arminnenseiten und auf meine Brustwarzen, die immer noch eingeklemmt waren. Ich konnte weder die Augen öffnen, noch atmen, noch denken.

> *Gott, Ella, ich kann nicht mehr. Hast du irgendwo Kondome?*

Steven ließ den Gürtel fallen und bearbeitete wieder seinen Penis. Kondome, Kondome, Kondome. Nein, ich hatte keinerlei Kondome im Haus.

Ich brachte gerade so ein „Nein" hervor.

Steven kletterte mit einem Bein zu mir auf den Tisch und kam mit lautem Stöhnen auf meinem Bauch. Ich rang nach Luft. Ich sah ihm in die Augen. Auch er versuchte seine Atmung wieder unter Kontrolle zu bekommen. Er grinste, beugte sich zu mir herab und küsste mich.

Jetzt. Jetzt ist wieder alles ok.

Ich schloss die Augen und grinste nur vor mich hin.

Achtung!

Steven befreite mich von den Nippelklemmen.

Jau. Scheiße, tut das weh.

Er lachte und massierte vorsichtig meine Nippel, um den Schmerz etwas zu lindern. Dann befreite er mich von den Fesseln und stellte Küchenpapier neben mich auf den Tisch, um sein Sperma von meinem Body wischen zu können. Dann verschwand Steven aufs Gäste-WC. Meine Finger waren taub, ich knetete meine Hände, an den Handgelenken hatte ich rote Striemen vom Seil. Etwas unbeholfen versuchte ich meinen Body abzuputzen und das Wachs von meiner linken Brust abzurubbeln. Steven kam zurück ins Esszimmer.

> *Komm, lass uns das unter der Dusche machen.*

Er half mir vom Tisch runter und ich schälte mich aus den Stilettos. Mir wurde kurz schwarz vor Augen.

Wir gingen duschen und machten uns sauber. Nachdem ich mich abgetrocknet hatte, legte ich mich ins Bett. Steven zog sich wieder seine Jeans an:

> *Ich kann heute nicht bleiben, Ella. Ich muss wieder nach Hause.*

Ich muss zugeben, ich war etwas verdutzt. Ich hatte etwas anderes erwartet. Ich sah Steven fragend an.

> *Ja, auch ein Grund warum ich vorher schlecht drauf war. Nächstes Mal wieder ok?*

Ok.

Steven zog sich seinen Pullover über, krabbelte zu mir aufs Bett und verabschiedete sich mit einem Kuss. Als er schon auf dem Weg nach oben war, rief ich ihm noch hinterher:

Vergiss deinen Gürtel nicht.

> *Wenn ich dich nicht hätte. Danke Ella, ich melde mich.*

Ich machte es mir im Bett gemütlich. Wow. Was war das denn bitte. Ich war richtig high. Steven hatte es geschafft, meine Gedanken komplett zu betäuben. Da fiel es mir wieder ein: Doorway to heaven. Ich hatte Steven in der Dusche vergessen zu fragen, was er nun mit „Doorway to heaven" meinte, so vernebelt war ich. Egal, nächstes Mal. Meine Klitoris pulsierte immer noch. Wieder einmal hatte ich selbst keinen Orgasmus. Ich machte es mir noch selbst und fiel kurz darauf in einen tiefen Schlaf.

Hey Honey..
Zieh mich nicht so aus
mit deinem Blick.
Doch. Tu es.
Argh, sick!

Wie allein durchs Anschauen
mein Atem schneller wird.
Die Frage ist nur noch,
wer hier jetzt wen verführt.

Deine Hand greift in mein Haar,
Gänsehaut, ein Schauer.
Deine Zunge erobert meine,
erkläre mir doch mal genauer:

Dein Geheimrezept,
weil in meinem Kopf endlich Stille einkehrt.
Ein lang ersehnter Gedankenstopp,
der mir für kurze Zeit mal Ruhe gewährt.

Es gibt nur noch dich und mich
und wir verschmelzen zu Eins.
Vom Tanz in der Dunkelheit,
und ja, ich bin deins.

Hab nämlich den Durchblick durch deinen Blick verloren,
und das ist völlig ok.
Denn ich drifte komplett ab und lass mich fallen -
unsere Nacht ist gegen Ende intensiver denn je.

Am nächsten Tag räumte ich erstmal die Sauerei auf. Diverse Wachs-Reste kratzte ich vom Tisch, die Sex-Toys wanderten wieder in die Kiste. Den Body wusch ich mit der Hand aus. Die Stilettos fanden wieder ihren Platz im Schuhschrank. Ja, da konnte ich sie nicht lassen. Wenn die irgendjemand sieht. Ich machte für die Stilettos und der Kiste eine kleine Ecke in meinem Ankleidezimmer frei. So, dann ist das nun auch aufgeräumt. Mein Bier schüttete ich mal wieder weg, dann stellte ich die Bierflaschen zum Leergut. Außerdem besorgte ich Kondome. Safety first, das passiert uns in Zukunft nicht mehr. „In Zukunft." Herrgott Ella, was machst du da eigentlich? Ich schob den Gedanken weg. Seitdem ich Steven kannte, schlief ich wie ein Baby und das Gedankenkarussell machte auch einfach mal Halt.

Die darauffolgenden Tage stürzte ich mich wieder in das Projekt „Wohnung einrichten". Nach einem erfolgreichen Shoppingabend sammelte ich den gesamten Verpackungsmüll in meiner Wohnung ein und brachte ihn nach draußen zu den Müllcontainern, die ich mir mit den anderen Wohnparteien teilte. Als ich voll mit Kartonagen beladen im Dunkeln ums Hauseck stürmte, stoß ich fast mit jemandem zusammen. Mir fielen etliche Verpackungen auf den Boden. Ich entschuldigte mich bei dem Mann, in den ich reingelaufen war.

Er lachte:

Alles gut, was hast du denn da alles in der Hand? Der Kartonagenturm ist ja 3 Köpfe größer als du.

Ja, ich bin hier neu eingezogen und hab heute noch etliches an Kleinzeug besorgt. Das ist der ganze Verpackungsmüll davon. Ella.

Ich hielt ihm meine nun freie Hand hin. Er schüttelte sie.

Maurice. Ich wohne hier im 2. Stock.

Ah, ich bin in die linke Souterrain-Wohnung gezogen.

Ja dann, herzlich Willkommen. Warte ich helfe dir.

Wir klaubten die Kartonagen zusammen und stopfen diese in den eh schon vollen Container.

Danke dir für deine Hilfe.

Ich klopfte mir die Hände an der Hose ab.

> Keine Ursache, wenn du irgendwann irgendetwas brauchst, rühr dich einfach bei mir.

> Das ist lieb. Danke.

> Gern.

Wir verabschiedeten uns.

Netter Kerl. Ich wartete bis im Treppenhaus Stille einkehrte. Dann lugte ich auf das Namensschild an der Haustüre. Maurice Luca. Komischer Name. War sein Vorname jetzt Maurice oder Luca? Ich war mal wieder so damit beschäftigt, mich selbst richtig vorzustellen, dass ich nicht richtig zugehört hatte. Als wäre ich zu blöd, meinen Namen auszusprechen. Egal. Ich versuchte mein Glück auf Instagram und fand ihn tatsächlich, er hatte ein öffentliches Profil. Vorname: Maurice. Nachname: Luca. Gut, dann wäre das geklärt. Ich folgte ihm. Kurze Zeit später blinkte mein Handy auf: Maurice Luca möchte dir folgen. Ich bestätigte seine Anfrage.

2 Tage später wurde meine Couch spätnachmittag angeliefert. Bordsteinkante. Da stand ich nun also mit 6 riesigen Paketen. Ich hatte mir null Gedanken gemacht, wie ich das Ding eigentlich in die Wohnung bringen sollte. Etwas verloren überlegte ich, wen ich anrufen könnte, der Zeit hatte mir zu helfen und bestenfalls auch noch eine Sackkarre hatte. Ich lief in den zweiten Stock und klingelte bei Maurice. Er öffnete mir die Tür.

Hey Maurice, du, kleiner Überfall. Du hast nicht zufällig Zeit und Lust, mir zu helfen? Meine neue Couch wurde gerade angeliefert. Bordsteinkante.

Ich grinste wie ein kleines Mädchen.

Klar, kein Stress. Ich ziehe mir nur schnell etwas anderes an.

Cool, danke.

Ich wartete unten auf Maurice.

Ach, das sieht gar nicht wild aus, lass uns doch die Pakete hier draußen öffnen und dann die Couchteile reintragen gemeinsam, was hältst du davon?

Klingt nach einem Plan.

Ich holte aus meiner Wohnung 2 Teppichmesser und wir zerlegten die Pakete. Dann trugen wir ein Couchteil nach dem anderen in meine Wohnung. Maurice half mir zudem, die Couch zusammenzubauen.

Schick! Mir gefällt das grün.

Danke! Ich hatte etwas Angst, dass es sich mit den anderen Möbeln beißt, aber ich glaube, ich bin auch ganz happy.

Ne, passt echt gut.

Ich drapierte noch Kissen und eine Kuscheldecke dazu.

Fertig.

Einmal Probesitzen?

Maurice grinste.

Klar!!

Wir schmissen uns auf die Couch und wippten wie 2 Klein-kinder hin und her. Ja, das passt!

Ich spendiere dir als Dankeschön in Bier, was hältst du davon?

Woah, jetzt wo du es sagst, ich habe Durst ohne Ende.

Ich öffnete 2 Bierflaschen und wir stoßen an. Als Maurice wieder in seine Wohnung zurückkehrte war es weit nach Mitternacht. Wir hatten uns voll verquasselt, Bier getrunken, uns ausgetauscht über die Arbeit, wo er her-kommt, wo ich herkomme. München als Stadt war auch ein heißes Thema. Maurice gab mir Tipps für Aktivitäten in der Umgebung und den Hinweis, dass man beim Bio-bäcker ums Eck den besten Himbeerkuchen bekommt, den es auf der Welt gibt. Zum Abschied feixte er, dass ihm jetzt der Rücken weh täte, ich würde ihm die Tage eine Massage verpassen müssen. Ich lachte und wir wünschten uns eine gute Nacht.

Am Wochenende setzten wir unser Gespräch auf Instagram fort. Wir verabredeten uns für Sonntagnachmittag auf einen Himbeerkuchen von der Biobäckerei auf meiner Couch, die musste ja eingesessen werden.

Bist du eigentlich Single?

Mein Herz zuckte kurz zusammen.

Ja, ich habe mich gerade getrennt. Und du?

Ja, ich tindere gerade mal wieder so ein bisschen. Auschecken, was so geht.

Er lachte verschmitzt.

Aha. Und was geht da so?

Ehrlich gesagt nicht viel. Wenn du dir die Fotos ansiehst, siehst du immer total heiße Bräute, entschuldige den Ausdruck, aber in Echt, UGH. Und die meisten haben auch echt nichts in der Birne, mit denen kannst du kein normales Gespräch führen.

Er schüttelte sich. Ich musste ein bisschen lachen.

Als ich am nächsten Tag ins Büro fahren wollte, ist mein Auto nicht angesprungen. Gott sei Dank hatte ich über das Wochenende den Laptop aus der Arbeit mitgenommen, um noch ein paar Kleinigkeiten zu bestellen. Als ich den Laptop hochfuhr, kam eine Nachricht von Maurice:

> *Hey, bist du heute gar nicht in der Arbeit? Dein Auto steht vor der Türe.*

Ich antwortete:

> *Ist warum auch immer nicht angesprungen. Ich arbeite also heute von daheim aus. Kein Plan, was los ist* 😟

> *Uh, doof. Vielleicht ist es zu kalt. Die Temperaturen sind gut gefallen. Wie alt ist denn deine Batterie?*

> *Du stellst Fragen, keine Ahnung. Aber Danke für den Tipp* 😊

> *Du. Keine Ursache. Ich habe mich nochmal ins warme Bett gelegt.*

Ich richtete den Remote Zugriff am Laptop ein.

> *Ella, bist du noch da?*

> *Jaja, ich bin da.*

> *Irgendwie bin ich seit gestern...angetörnt.*

Ich las die Nachricht, während ich mein Firmenhandy aus der Laptoptasche zog und meinen Arbeitskollegen eine E-Mail schrieb, dass ich mich remote einwählen würde. „Zugriff fehlgeschlagen" zeigte ein Popup auf meinem Bildschirm an. Fluchend trennte ich die Verbindung und versuchte es erneut. Währenddessen antwortete ich Maurice:

Ok. Wovon?

Ich hatte nicht ansatzweise kapiert, was hier gerade Phase war.

Na, von dir. Ich mein du bist echt eine Hübsche und Spaß haben kann man mit dir noch obendrauf.

Die Verbindung scheiterte. Ich stopfte mir die Kopfhörer ins Ohr und versuchte mich über mein Firmenhandy einzuwählen.

Willst du mir helfen?

Mit dem Firmenhandy klappte es. Ich begrüßte meine Kollegen, entschuldigte mich für die Umstände und erzählte, dass mein Auto nicht angesprungen ist. Wir führten kurz Smalltalk dann gingen wir über in Businessthemen. Ich schaltete mich stumm. Ich atmete durch. Da klingelte es plötzlich an der Tür. Mit dem Handy in der Hand und den Ohrstöpseln im Ohr öffnete ich die Tür. Maurice stand nur im Morgenmantel bekleidet vor mir. Ich zog einen Ohrstöpsel aus dem Ohr, zeigte auf mein Handy und wisperte:

Ich bin in einem Meeting.

Na, das macht doch nichts.

Maurice trat, ohne mich zu fragen, ein. Etwas perplex stand ich vor ihm im Gang, die Haustüre ließ offen. Er öffnete den Morgenmantel. Darunter trug er nur Boxershorts. Er machte einen Schritt auf mich zu, drückte mich gegen die Wand und versuchte mich zu küssen. Ich wurde zur Statue. Seine Zunge bahnte sich ihren Weg halsabwärts, seine Hand griff zwischen meine Beine, während er sich mit der Hand an der Mauer hinter mir abstütze. Es dauerte kurz als ich checkte, was hier gerade passiert. Mit aller Kraft versuchte ich ihn von mir wegzuschieben, was mir erst beim zweiten Versuch gelang.

Maurice!

Er wich zurück. Ich starrte ihn entgeistert an.

Sorry, ich habe dich wohl etwas überfallen.

Etwas überfallen?

Ich fand meine Stimme wieder. In meinem Ohr hörte ich, wie jemand meinen Namen aussprach.

Ich muss jetzt arbeiten.

Ich wischte mir den Hals ab und griff an meine Haustüre, ein Zeichen für Maurice, dass er gehen sollte.

Sorry.

Das kam ihm gerade so über die Lippen. Er schloss seinen Morgenmantel und verschwand. Ich hob die Stummschaltung auf und stammelte:

Ja, ja, sorry, ich bin da. Die Verbindung ist irgendwie superschlecht. Ich höre Euch manchmal nur abgehakt. Könnt ihr die Frage bitte wiederholen?

Bin ich eigentlich im falschen Film? Immer noch völlig entgeistert setzte ich mich auf die Couch und versuchte, mich auf das Meeting zu konzentrieren. Danach las ich erst die letzten beiden Chatnachrichten von Maurice. Ich ging nochmal duschen. Ich fühlte mich richtig schmutzig. Danach checkte ich meine Inbox und meine Termine. Es kam nochmal eine Nachricht von Maurice:

Sorry für den Überfall, Ella. Ich war einfach so erregt, aber ich habe mir jetzt selbst einen gehobelt. Danke für die Inspiration. Die Massage schuldest du mir aber noch ☺ Soll ich dir mit deiner Batterie helfen? Dann müsste aber ein Blow-Job drin sein – Spaß!!!!

Witzig. Ich ignorierte die Nachricht.

Es vergingen insgesamt 2 Wochen, bis Steven sich wieder meldete:

> *Du. Ich. Donnerstagabend.*

Als Steven kam, quatschten wir nicht lange.

> *Wo ist die Kiste?*

Ich tapste die Treppe hinunter, um die Kiste zu holen. Wieder oben angekommen, bemerkte ich:

> *Shit, ich habe die Dessous und die High-Heels vergessen.*

> *Keine Zeit Ella, seit 2 Wochen habe ich dieses Bild von dir auf dem Tisch vor meinem inneren Auge. Zieh dich aus.*

Steven breitete die Sextoys auf dem Tisch aus. Ich entledigte mich währenddessen meiner Kleidung. Meinen BH und Slip ließ ich an.

> *Ich sagte, zieh dich aus.*

Stevens' Augen blitzten. Er kam zu mir, öffnete mit gekonntem Griff meinen BH, während er mit der anderen Hand meinen Slip auf die Seite zog und mir zwischen meine Beine fuhr. Mir entfuhr ein Stöhnen:

> *Steven...*

Er hob den erhobenen Zeigefinger an seinen Mund.

> *Pst...*

Ich biss mir auf die Lippe und warf meinen BH ins Eck.

> *ELLA! Lass das. Sonst muss ich dich gleich auspeitschen.*

Ich biss mir nochmal auf die Lippe und grinste dabei.

> *Wie du willst.*

Steven bugsierte mich grob an die Tischkante, diesmal mit dem Rücken zu ihm. Er drückte meinen Oberkörper auf die Tischkante.

> *Stell dich auf die Zehenspitzen.*

Mit seinem rechten Knie, das er in meine Beininnenseiten stieß, befahl er mir, die Beine zu spreizen.

> *Bleib so.*

Ich hörte, wie er sein Shirt auszog, seinen Gürtel und den Reißverschluss seiner Hose öffnete. Er nahm die Gerte vom Tisch und platzierte diese auf meinem Rücken. Mit der anderen Hand befriedigte er sich selbst. Langsam fuhr er mit dem Leder über meinen Rücken zu meinem Gesäß. Ich versuchte, ruhig zu atmen. Es geschah nichts. Steven bewegte das Leder weiter, meine Beininnenseiten entlang bis hin zu meinen Fesseln. Erst das rechte Bein, dann das linke. Ich versuchte dem Drang, meine Beine zu bewegen, zu widerstehen. Das Leder fuhr mein linkes Bein wieder nach oben. Dann spürte ich es plötzlich nicht mehr. Dann schnellte das Leder genau zwischen meine Beine. Ich stöhnte laut und klammerte mich an den Tischkanten fest. Ich konnte nicht mitzählen, wie oft Steven das wiederholte. Irgendwann legte er die Gerte auf die Seite und befingerte mich. Ich war klitschnass.

So mag ich das, Ella.

Ich war im Delirium.

Was ist dein Safe-Word?

Bienenstich.

Sehr gut.

Ich sah wie Steven den Analplug vom Tisch nahm. Augenblicklich verspannte ich mich, was Steven nicht entging.

Alles gut. Wir probieren das jetzt einfach aus, ok? Ich werde dir genau erklären, was ich mache. Versuch, dich zu entspannen.

Ok.

Was ist dein Safe-Word?

Bienenstich.

Sobald du „Bienenstich" sagst, höre ich augenblicklich auf, ok?

Ja.

Wiederhol das, was ich gesagt habe.

Sobald ich „Bienenstich" sage, hörst du augenblicklich auf.

Gut.

Steven protokollierte jeden Handgriff. Seine Augen waren meine Augen. Zuerst massierte er mich zwischen den Beinen und machte mein Hinterteil mit meinem Ausfluss nass. Dann rieb er den Plug an meine Scheide, um auch den Plug feucht zu machen. Er erklärte mir, dass der Plug zwei Stufen hatte. Die zweite, letztere sei etwas größer. Er spreizte meine Backen vorsichtig auseinander und rieb die Spitze des Plugs sanft an meinem Anus. Währenddessen massierte er meine Klit. Er führte den Plug vorsichtig ein. Ich hielt den Atem an. Nach der ersten Stufe machte er kurz Pause. Steven erkundete sich:

> *Alles ok?*

Ja.

Aus meinem Mund kam nur ein Krächzen. Ganz still lag ich da. Er schob den Analplug komplett in mich hinein. Ich konnte nicht mehr auf meinen Zehenspitzen stehen. Mit einem Keuchen rollte ich mich ab. Ok, das war nun doch zu viel.

Bienenstich.

> *Gott, Ella.*

Dann war kurz Pause.

> *Erst, wenn du bettelst!*

Er schlug gerade komplett über die Stränge. Er ließ nicht von mir ab, massierte weiter meine Klit.

Bienenstich, Bienenstich!

> *Atmen, Ella, atmen.*

Atmen. Ja, atmen. Ich wurde sauer. Ich sah wie Steven von mir abließ und sich selbst hart anfasste. Ohne damit aufzuhören, verschwand er plötzlich unter dem Tisch. Er setzte sich unter mich. Ich spürte zwei Finger auf meiner Klitoris, dann etwas Warmes, weicheres, zwischen meinen

Schamlippen. Er befriedigte mich mit seiner Zunge. Ich kam so plötzlich und heftig wie noch nie in meinem Leben. Ich stöhnte so laut, dass auch Steven sich nicht mehr halten konnte. Er ergoss sich im Sitzen über meinem Fußboden.

Als Steven wieder zu Atem kam, stand er auf und entfernte mir langsam und sanft den Analplug. Dann wischte er den Fußboden sauber. Währenddessen konnte ich mich nicht rühren. Zwischen meinen Beinen fand immer noch ein Erdbeben Stufe 10 ab.

Ella?

Ich antwortete nicht.

Ist alles ok bei dir?

Ich überlegte.

Ella!

Ja, alles ok.

Du hast übrigens gesabbert.

Ich habe WAS?

Du hast gesabbert.

Ich hob den Kopf. Tatsächlich. Steven konnte sich nicht mehr halten, er lachte los. Mein Lachen war eher ein Krächzen.

Langsam robbte ich vom Tisch.

Ich bin fix und fertig, Steven. Du hast mich fix und fertig gemacht.

Er zwinkerte mir zu:

Das fasse ich als Kompliment auf. Und: Das beruht auf Gegenseitigkeit.

Kannst du mich kurz in den Arm nehmen?

Mein „kurz" war 2 Minuten, Stevens' „kurz" war 3 Sekunden.

Nachdem ich meine Sabberei weggewischt hatte, gingen wir die Treppen runter ins Souterrain. Also, Steven ging, ich wackelte eher nach unten. Ich schloss mich für ein paar Minuten im Bad ein. Gut. Das war too much. Aber gut. Ich beschloss, das wann anders anzusprechen. Wir machten uns bettfertig und schlupften unter die Bettdecke. Ich erzählte Steven noch von Maurice und wie er mich Montag in der Früh überfallen hatte.

Mensch, Ella, du musst doch aufpassen.

Ich drehte meinen Kopf zu ihm.

Auf was hätte ich denn aufpassen sollen? Ich habe ja gar nichts gemacht.

Steven sah mich lange an. Irgendwann fragte ich hin:

Wie ist die Situation bei dir zuhause?

Schwierig.

Ich ließ ihm Zeit.

Es ist schwierig. Es ist so vertrackt. Seitdem sie ihren neuen Job als Teamleitung hat, ist sie kaum ansprechbar. Ich meine, ich gönne es ihr, sie hat lange darauf hingearbeitet. Aber seitdem lässt sie alles stehen und liegen, ist nur noch genervt. Mit meinen Eltern hat sie sich auch angelegt. Sobald ich von meinen Eltern spreche oder ich sie besuche, mitkommen tut sie eh nicht mehr, oder meine Eltern zu uns kommen, ist alles jenseits von Gut und Böse. Ihrer Meinung nach haben meine Eltern überreagiert und nicht sie. Ich habe ihr gesagt, dass ich da anderer Meinung bin, dann hat sie mich wieder als Arschloch hingestellt und mir vorgeworfen, dass ich nicht hinter ihr stehen würde. Wenn ich dann das Gefühl habe, sie in einem ruhigen Moment zu erwischen, wechseln wir 3 Sätze und dann habe ich meistens wieder irgendetwas Falsches gesagt und dann ist Polen schon wieder offen. Generell: Alles was sie tut und denkt ist richtig und alles was davon irgendwie ansatzweise abweicht, alles was nicht ihrer Norm entspricht, ist ihrer Meinung nach komplett verwerflich. Sie hat sich verändert. Sie war nicht immer so.

Steven schüttelte den Kopf und fuhr sich mit den Händen über sein Gesicht. Ich konnte nicht anders, ich fuhr mit meinem Zeigefingerrücken über seine Wange. Er tat mir unendlich leid. Er nahm meine Hand, legte sie auf sein Kissen, schmiegte sich an sie und schloss die Augen.

Was erzählst du ihr eigentlich, wenn du bei mir bist?

Sie interessiert sich eigentlich nicht wirklich dafür, was ich tue und was ich mache. Sie zeigt mir immer nur auf, was ich nicht tue und was ich nicht mache. Meist ist sie beruflich unterwegs oder ich sage, dass ich mit den Jungs ausgehe und auswärts schlafen werde, weil es spät wird.

Ich schwieg.

Du hast mich gesehen, Ella. Du hast einfach direkt in mich reingeblickt, als wir uns das erste Mal trafen. Du hast innerhalb von Minuten jegliche Mauern durchbrochen, die ich aufgebaut habe.

Ich wollte ihn küssen, ihn in den Arm nehmen, ihn in den Schlaf wiegen. Ich wollte sein Kissen sein, sein Schoß, in den er seinen Kopf legen konnte.

Ja, deshalb komm ich noch spät in der Nacht zu dir
und trockne deine Tränen.
Weil dir der Boden gerade vertrauter ist als dein Sofa.
Ich werde die Feuerspeienden Drachen in dir schon zähmen.

Er öffnete die Augen und sah mich an:

> *Was ist an mir, das dich so anmacht?*

Ich überlegte.

> *Mir geht es ähnlich. Wenn wir uns treffen, macht mein Gedankenkarussell einfach mal Pause. Ich... mag dich einfach.*

Steven grinste mich an:

> *Und meine sexuellen Vorlieben.*

Ich erwiderte:

> *Das ist ja das Witzige, ich...nein, eigentlich ist das nicht meine Art. Ich habe vor dir noch nie die Erfahrung gemacht. SM, BDSM oder wie auch immer man das nennt...*

> *Was? Du bekommst doch gar nicht genug davon. Jetzt mal im Ernst, ich habe noch nie jemanden kennen gelernt, der so weit gegangen ist. Hast du überhaupt Grenzen?*

Ich dachte laut:

Eigentlich hasse ich es sogar, Männer oral zu befriedigen.

Oh, das kenne ich.

Ich konnte mir ein kleines Lachen nicht verkneifen:

Befriedigst du Männer auch nicht gern oral?

Du Quatschkopf. Ich meine natürlich „Frauen". Ich befriedige Frauen nicht gern oral.

Das sah heute aber anders aus.

Du hast mich einfach so geil gemacht. Und dir gefällt es doch so gut.

Ja…

Komm Ella, wir schlafen jetzt, ich bin todmüde.

Ja, klingt gut. Schlaf gut.

Gute Nacht!

Ne, eine Frage habe ich noch! Was ist jetzt eigentlich „Doorway to heaven"?

Steven musste lachen.

> *Das zeige ich dir das nächste Mal, ok? Meine Frau*
> *ist nächste Woche wieder beruflich unterwegs. Mitt-*
> *woch, glaube ich, könnte funktionieren.*

Wir schliefen zueinander gewandt ein. Meine Hand bettete immer noch seinen Kopf.

Was war es das mich an Steven so anmachte? Ich mochte seine Art. Er war bestimmend. Ich konnte bei ihm die Verantwortung einfach für kurze Zeit abgeben. Nicht ich war diejenige, die einen Plan haben musste, etwas organisieren musste. Ich fühlte mich frei bei ihm, fast geborgen. Macht das so Sinn?

Am nächsten Tag hatte Steven noch Zeit für einen Morgen-Kaffee im Bett. Als er ging und die Haustüre ins Schloss fiel, machte sich ein Gefühl der Leere in mir breit. Ich ignorierte es, schmiss mir zum Duschen meine aktuelle Lieblings-playlist an und summte Ed Sheeran, Jessie Ware und Ellie Goulding vor mich hin:

„My bad habits lead to you". "Say you love meeee…". "You show the lights that stop me turn to stone". Ze fix, bei jedem Lied denke ich an Steven.

Die Bergkette vor mir liegend frage ich mich,
in welche Richtung ich schauen muss,
um zu dir zu blicken.

Das Gefühl, die Welt zu regieren,
dich zu regieren.
Blind und taub.
Der Wind spielt mit meinen Haaren.
Ich hab mich glatt in dich verliebt.
Jetzt ist es raus.
Freier Fall.

Es wurde doch Freitag. Zwar mit Aussicht auf das komplette Wochenende, aber ich hatte mich so sehr auf den Mittwoch gefreut, dass ich echt genervt war, als er unser Date verschoben hatte. Ich saß schon die ganze Woche wie auf Kohlen. Natürlich ist mir bewusst, dass das eine Affäre ist, dass „man das nicht macht", dass das keine Zukunft hat. Ich lud mir Tinder herunter. Tatsächlich habe ich auch mit einem sehr attraktiven und humorvollen jungen Mann geschrieben, wir hatten witzige Gesprächsthemen, bis wir darauf gekommen sind, dass wir einen gemeinsamen Bekannten haben, dann hat er mich geghostet. Ein anderer wollte die ganze Zeit Fotos von mir und wenn ich ihm welche schicken würde, würde ich von ihm ein Dick-Pic bekommen. Danke, aber Nein danke! Frustriert deinstallierte ich den Scheiß wieder.

Steven kam also Freitagabend relativ gut gelaunt und quatschte gleich los:

> *Sind Kühe eigentlich weiß mit braunen Flecken oder braun mit weißen Flecken?*

Ich musste lachen. Steven öffnete ein Bier. Ich sah ihn fragend an.

> *Ella, du trinkst deins eh nicht aus, also teilen wir uns eins. Und jetzt zieh dich aus.*

Wie sich herausstellte, war „Doorway to heaven" ein Synonym für "Steven fesselt mich an die Vorrichtung der Schiebetür zum Ankleideraum und befriedigt uns beide mit diversen Sexspielzeugen". Hätte mir bei der Wohnungsbesichtigung jemand gesagt, dass ich ein paar Wochen später freiwillig gefesselt an dieser Stange hängen würde, ich hätte denjenigen für verrückt erklärt. Das Einzige, das mir Steven ins Ohr raunte, bevor wir in eine zweite Runde übergingen, war:

> *Oh Ella, weißt du eigentlich, wie geil das aussieht?*

Danach erzählte ich Steven von meinen Tinder-Erfahrungen. Er war Feuer und Flamme, lud sich kurzerhand die App herunter und screente die Frauen.

> *Die sind alle echt heiß!*

Irgendwie versetzte mir das einen Stich. Er merkte nichts davon und babbelte weiter:

> *Wir könnten mal einen Dreier wagen.*

Er sah mich fragend an. Ich prüfte seinen Blick und raunte nur:

> *Ja, können wir uns ja mal überlegen.*

Wir fingen zu kochen an und ich fragte ihn, wie seine Woche gelaufen ist. Er erzählte, dass er sich auf das Wochenende gefreut hat, es war alles super stressig, beruflich, wie privat.

> *Wo ist eigentlich deine Frau dieses Wochenende?*

> *Die ist mit Freundinnen im Urlaub.*

> *Ach, das wird ihr gut tun bei dem stressigen Job, mal zu entspannen.*

> *Haha, ne, die entspannen nicht, die lässt nochmal die Sau raus, bevor...... bevor...*

> *Bevor was?*

> *Ach nichts, alles gut.*

Er grinste mich an. Ich lachte:

> *Häh, Steven, bevor was?*

> *Wir versuchen, schwanger zu werden.*

Ich konnte das Blut in meinen Ohren rauschen hören. Ich unterbrach das Gemüse-Schnippeln und sah ihn an:

Was?

Na, Ella, was meinst du denn. Wir gehen beide auf die 40 zu, sind verheiratet, haben eine Wohnung zum Eigentum. ... Wir müssen irgendwann anfangen.

Ich schwieg und starrte auf das Gemüse.

Ella?

Ella, Ella, Ella, hör auf mit deinem Ella!!!

Ich schmiss das Messer hin und holte mir eine Zigarette.

Was machst du?

Ja, wonach sieht es denn aus? Ich gehe eine rauchen.

Ich schmiss die Terrassentüre hinter mir zu und zündete mir die Zigarette an. Er öffnete die Türe.

Ella, ich ...

Ich unterbrach ihn:

Verschwinde.

> Was?

> Ver-SCHWINDE!

> Wie kann man sich nur so aufführen. Ich gehe!

> Ja, hau ab.

Ich konnte die Tränen nicht mehr zurückhalten und hörte die Wohnungstüre ins Schloss fallen.

Ich hatte doch nur gute Intensionen, wo bin ich da eigentlich reingeraten? Fuck, hey, was mache ich hier eigentlich den ganzen Tag.

Du kommst so leicht zu mir durch
und wenn du nimmst,
nimmst du das Allerbeste von mir.
So fängt ein Kampf an,
weil man etwas fühlen muss.
Aber du tust, was du willst,
weil ich nicht das bin,
was du willst?

Und ich bin auf der Suche nach dem,
was du wahrscheinlich nicht bist.
Also bringt es nichts Worte zu verteidigen,
die du niemals sagen wirst.

Erklärt mir bitte mal jemand, wie ich jetzt überleb?
Und doch sitz ich hier und denk an dich,
denn was anderes kann ich trotz allem nicht.

Von der Verwirrung einer Träumerin
mit den Nerven, dich zu lieben.

Ich glaube an nichts mehr,
ich sehe das Leben.
Ich bin klar im Kopf.

Ich lass es sein,
du bist nicht mein.
Doch du weißt es selbst,
du bleibst.
Mein Held.

TIEFPUNKT

Das kommt davon, wenn man nicht nachdenkt, einfach den Kopf ausschaltet. Mensch, Ella!

Mein Kopf plärrte mich an. Es ist manchmal einfach so schwer, ständig, zu jeder Uhrzeit einfach alles zu geben. Ich habe mich einfach fallen lassen, ich wollte, dass mein Kopf einfach mal Ruhe gibt! Und dabei habe mich verrannt, bin irgendwo falsch abgebogen.

Ich packte mein Zeug, setzte mich ins Auto und fuhr zu meinen Eltern. Zu denen wollte ich über meinen anstehenden Geburtstag eh, dann fahre ich gleich. Meine Eltern waren etwas verdutzt, als ich mit meinem Sack und Pack 1,5h später bei Ihnen aufkreuzte, 3 Tage früher als erwartet.

Ella, Schatz, ist alles ok?

Ich meinte nur, dass ich kurzfristig Urlaub genommen hatte, ich hatte eh noch so viele Urlaubstage und würde gerne ein paar Tage bei Ihnen verbringen wollen, raus aus der Stadt, bisschen abschalten. Ich machte es mir in meinem alten Kinderzimmer gemütlich.

Meine Mum schaute zu mir herein.

Ist wirklich alles ok?

Ich schwieg.

Wovor fliehst du Ella? Ist es immer noch wegen Nik?

Ich hatte meinen Eltern ein paar Tage, nachdem mir bei Steven rausplatzte, was passiert ist, auch erzählt, was vorgefallen ist, als sie mich in meiner neuen Wohnung besucht haben.

Meine Eltern haben nicht so reagiert, wie ich das gedacht hatte. Ich dachte, sie würden die Hände über den Kopf zusammenschlagen, sich die Hand vor den offenen Mund halten. Dem war nicht so, ich war echt überrascht. Ich habe mich gefragt, ob sie eigentlich zugehört haben, mein Gesagtes aufgenommen haben. Das Einzige, was als Antwort kam, war: „Vielleicht braucht ihr echt mal eine Pause, die Fronten haben sich wohl ganz schön verhärtet." Ich habe mich komplett unverstanden gefühlt, habe auch tatsächlich daran gezweifelt, ob meine Entscheidung, Nik zu verlassen, richtig war.

Meine Mum hat mich daraufhin ein paar Tage später angerufen und mich gefragt, ob ich am Wochenende Zeit hätte, zu kommen, eine Runde spazieren gehen. Ich willigte ein. Beim Spaziergang erzählte mir meine Mum daraufhin, dass es einen Grund gibt, warum sie nicht so reagieren konnten, wie ich mir das gewünscht hätte und entschuldigte sich bei mir. Sie erzählte, dass sie vor Papa einen Freund gehabt hat, der in kurzer Zeit ihr gegenüber gewalttätig wurde. Relativ schnell hatte sie sich getrennt von ihm, was ihn aber nicht davon abhielt, sie weiter zu bedrängen. Angefangen hat es mit Schlägen ins Gesicht, sobald sie nicht das tat, was er wollte, kurze Zeit später hat er sie sexuell genötigt. Als sie dann ausgezogen war, stalkte er sie regelmäßig, lauerte ihr auf, trat ihre Wohnungstüre ein, 3x hatte sie die Türe auswechseln müssen. Er würgte sie. Einmal war er so außer Rand und Band, dass er ihren Kopf in die volle Badewanne tunkte, bis sie das tat, was er wollte. Immer, wenn sie die Polizei gerufen hatte, kam entweder niemand, oder selbst die Polizei konnte ihm keinen Einhalt mehr gebieten, weil er so in Rage war. Einmal hatte es 6 Polizisten gebraucht, um ihn auf dem Boden mit Handschellen halten zu können. Einmal meinte ein Polizist zu ihr, sie wäre selbst schuld an ihrer Lage: Wer mit Hunden ins Bett geht, wird mit Flöhen aufstehen. So einfach wäre das. Es hat erst aufgehört, als mein Papa, den sie damals schon kannte, bei Ihr eingezogen ist und sie überall hinbrachte und auch wieder abholte, damit sie nie allein unterwegs war. Er war damals, wie heute, ein großer, muskulöser Mann. Ihr Exfreund hat irgendwann gerafft, dass er meine Mum nicht mehr allein antreffen würde. Ein paar Wochen später war er wie vom Erdboden verschwunden. 30 Jahre ist das her, damals waren einfach noch andere Zeiten, da gab es das Frauenbild von heute noch nicht und auch keine Unterstützung vom Staat.

Als ich ihr eben erzählte, was zwischen Nik und mir passiert ist, habe ich sie daran erinnert, was sie erlebt hat und wollte es wegschieben. Sie konnte nicht auf mich eingehen, sie hat immer noch ab und zu das Gefühl, dass ihr irgendetwas die

Luft abschnürt. Erst kürzlich hatte eine Freundin erzählt, dass auch sie die Erfahrung in jungen Jahren gemacht hat, ihr wurde das zu viel.

Ich habe sie in den Arm genommen, ihr gesagt, dass ich das nicht wusste, ich das ansonsten anders einschätzen hätte können und dass ihre Geschichte gleich null mit meiner vergleichbar ist. Ja, ist sie nicht, antwortete sie. Nik hätte einfach einmal eine falsche Entscheidung getroffen, er wäre ja kein Schlägertyp, er könnte doch keiner Fliege etwas zuleide tun. Ich gab ihr Recht und dachte nach. Ich war gar nicht wütend, weil er handgreiflich geworden ist. Ich war wütend, dass er im Nachgang nicht jeden Hebel von sich aus in Bewegung gesetzt hat, dass das nicht noch einmal passiert. Er hat weiter gesoffen, er ist meinen Gesprächen ausgewichen, er hat keine Verantwortung übernommen, weiterhin durch mich hindurchgesehen, anstatt mich anzusehen. Er hat nicht gesehen, wahrscheinlich nicht sehen wollen, dass mich das stark belastet, dass ich darüber reden muss, dass ich einen liebevollen Umgang brauche, Zeit mit ihm und niemanden, der das als Lappalie abtut. Erst als ich ihn darüber in Kenntnis gesetzt habe, dass ich einen Mietvertrag für eine Wohnung unterschrieben habe, ist es ihm wie Schuppen von den Augen gefallen, dass ich nicht mehr kann und will.

Auch der Arbeitskollegin, die mich nach Hause geschickt hatte, erzählte ich irgendwann, was mit mir los war. Ich fand es einfach gut, dass sie ein Auge auf mich hatte, also habe ich mich ihr geöffnet. Ihre Reaktion? Weißt du Ella, ich habe selbst schon einmal diese Erfahrung gemacht. Es war eigentlich genau dieselbe Story: Im Suff handgreiflich geworden, als die Beziehung schon etwas auf der Kippe stand. Sie hatten sich aber wieder gefangen, mit viel Engagement von beiden Seiten.

Sitze ich deshalb in der Situation, in der ich mich gerade befinde? Ich habe eine Affäre mit einem verheirateten Mann. Steven hatte mich angesehen, nicht durch mich hindurchgesehen. Schon auf der Wiesn hat er nicht durch mich hindurch geblickt, er hat mich angesehen. Natürlich war ich leichte Beute. Vor Annas' Haustüre konnte ich die Fassade nicht mehr aufrechterhalten, ich konnte nicht mehr. Ich war am Ende meiner Kräfte und habe den Strohhalm genommen, den Steven mir hingehalten hat. Kurz mal Gedanken aus, kurz mal nicht funktionieren, kurz mal atmen können, kurz mal fallen lassen. Kein Wunder, dass ich dadurch auch sexuell meine Grenzen mühelos verschieben konnte. Er war weit genug weg von mir und nah genug dran an mir, dass ich mich ihm gegenüber öffnen konnte und ihm als Erstes alles erzählt habe. Natürlich baut das eine Verbindung auf.

Ich sah meine Mum lange an, sie wartete geduldig.

Nein, es ist nicht wegen Nik. Doch, irgendwie schon. Ich weiß es nicht, Mum. Es ist alles so schwierig und mühsam, ich finde gerade keinen Halt, keinen Boden. Ich versuche es wirklich, aber ich schaffe es nicht, ich weiß gerade nicht mehr weiter, am liebsten würde ich alles hinschmeißen, ich habe keinen Bock mehr.

Gib dir etwas Zeit. Warum setzt du dich selbst so unter Druck?

Weil da noch mehr ist. Ich habe jemanden kennengelernt.

Ja, aber das ist doch schön? Wie heißt er?

Ich sah sie an.

Ich glaube, ich habe mich verliebt.

Ich fing bitterlich das Weinen an.
    Meine Mum nahm mich in den Arm.

Toll, Ella, gut gemacht, dachte ich mir nur. Verliebst dich in einen verheirateten Mann. Wenigstens siehst du es ein und lügst dir nicht selbst ins Gesicht!

Was ist so schlimm daran, dass du dich verliebt hast?

Es geht nicht, es geht nicht. Er ist nicht verliebt in mich. Beziehungsweise, das weiß ich gar nicht, aber er will gerade nicht mit mir zusammen sein.

Gerade?

Ja. Nein, wahrscheinlich nie. Er will wahrscheinlich nur eine gute Zeit haben.

Die Stimme in meinem Kopf schreit mich an: Nicht wahrscheinlich Ella, ziemlich sicher. Er hat eine Frau und seine Not zuhause ist nicht so groß, dass er seine Frau verlässt. Warum auch, für ihn passt ja alles. Er bekommt gerade alles, was er will, die Sicherheit von seiner Frau und das Abenteuer von dir. Kapier das doch!

Meine Mum unterbrach die Stimme in meinem Ohr:

Weißt du, ich habe mal etwas gelesen.

Sie löste sich aus unserer Umarmung.

Es ist unsere freie Entscheidung, wen wir lieben und wen nicht, wen wir lieben wollen und wen nicht.

Schwachsinn. Ich kann nichts dafür, dass ich mich verliebt habe.

Was ich damit sagen möchte, Ella, ist, und jetzt sei mir bitte nicht böse, ich will immer nur dein Bestes. Ich möchte sagen, dass du vielleicht einfach nur die Leere in dir auffüllen möchtest, die du in dir spürst. Und du gehst das falsch an. Du lässt dich sehr schnell auf Menschen ein, was absolut toll ist, aber sie nehmen das Beste von dir und gehen wieder und dabei verlierst du das Beste in dir. Du denkst, dass diese Leere nur jemand anderes auffüllen kann, aber das stimmt nicht. Das funktioniert nicht, mit niemandem. Du solltest die Leere in dir selbst auffüllen.

Möchtest du nicht daran arbeiten, erstmal dich selbst zu lieben? Dir bewusstwerden, was du möchtest, was du brauchst, warum du Dinge tust beziehungsweise nicht tust. Das ist eine gesunde Beziehung zu sich selbst. Und dann verspreche ich dir, dass alles gut geht. Meinst du, dass es sich lohnt, bei deinem Neuen weiter Zeit und Energie zu investieren? Zeit und Energie, die du in dich oder jemand anderen investieren könntest?

Sie machte eine Pause.

Ich lasse dich darüber nachdenken, ok Ella?

Ja, danke.

Meine Mum verließ das Zimmer.

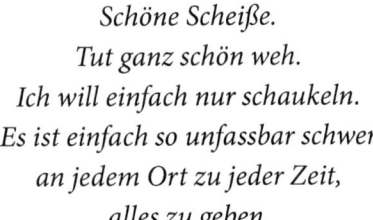

Schöne Scheiße.
Tut ganz schön weh.
Ich will einfach nur schaukeln.
Es ist einfach so unfassbar schwer
an jedem Ort zu jeder Zeit,
alles zu geben.

Es gibt Situationen im Leben, die sind herausfordernd.

Und nein, die meistert man nicht mit Links.
Sondern eher mit erstmal nur blöd rumsitzen,
weinen,
sich selbst zerstören,
nochmal weinen und dann
erstmal in zig Richtungen laufen -
ohne Orientierung.
Und dann irgendwann kommt tatsächlich die Linke,
die aber natürlich nicht trifft.

Gar nicht so leicht.
Gar nicht so leicht.
Immer heißt es auch nur „vielleicht".

Alles auf Anfang,
alles auf Anfang.
Mir geht das hier alles, viel zu langsam.

Morgens geht die Sonne auf und abends geht sie unter.
Und morgens geht die Sonne auf und abends geht sie wieder
unter.
Und auf und wieder unter... und auf und wieder unter,
na, danke...
Ich geh jetzt wirklich schaukeln.

Ich wusste, was meine Mum meint. Ich dachte, dass ich da schon gut darin wäre. Ich habe Ziele, ich schaue auf mich, ich kann supergut allein sein. Aber anscheinend habe ich bewusst meine Grenzen verschoben, nicht zu meinem Guten. Vielleicht bin ich noch nicht gut genug darin. Neben Steven ist nicht mein Platz. Ich habe doch so viel zu geben, warum bewahre ich mir das nicht auf, für jemanden, der das wertschätzt? Ja, in der Theorie ist das so einfach. In der Praxis sieht man ja, wie es läuft.

Es klopfte an der Zimmertür. Ich reagierte nicht.

> *Ell?*

An der Stimme erkannte ich, es war mein Bruder.

> *Ja?*

Er lugte mit einem fetten Grinsen im Gesicht herein.

> *Darf ich reinkommen?*

> *Ja.*

Er setzte sich neben mich aufs Bett, lehnte sich an die Wand und scrolle durch seine Instagram-Stories. Ich kuschelte mich zu ihm und seufzte:

> *Ihr Männer seid Arschlöcher! Wenn ich irgendwann mal jemanden finde wie dich, dann kann ich mich echt glücklich schätzen.*

Er lachte.

> *Ell, ganz ehrlich, ihr Frauen seid manchmal auch echt selbst schuld. Ihr lasst das ja auch alles mit Euch machen!*

Ich boxte ihn mehrmals in die Seite. Er wand sich und lachte:

> *Au, au, Ella, hör auf damit, ist doch wahr!*

Er sah mich an und schüttelte den Kopf:

> *Du glaubst doch nicht ernsthaft, dass nicht auch ich Leichen im Keller habe?*

Dann stand er auf. Bevor er die Zimmertür zuzog, lugte er nochmal hinein und meinte ernst:

> *Denk mal über meine Worte nach. Ich labere nicht nur Blödsinn den ganzen Tag.*

Ich schmiss das Kissen nach ihm, aber er war schneller und schloss lachend die Tür.

Irre, 23 Jahre alt und die Weisheit schon so mit Löffeln gefressen.

Die Tage bis zu meinem Geburtstag versuchte ich, nicht zu viel zu denken und mich abzulenken. An meinem Geburtstag überraschten mich meine Eltern morgens, wie sie es früher immer taten, mit einem kleinen Ständchen und einem Geburtstagskuchen an meinem Bett. Meine Mum überreichte mir eine Karte auf der stand:

Wir blicken voller Stolz auf unsere erwachsene Tochter, die klare Vorstellungen vom Leben hat und die Werte und Traditionen hochhält, die wir vermittelt haben. Die für andere da ist und nicht nur an sich selbst denkt, die ihr Gut mit anderen teilt, die sich um ihre Freunde und Familie kümmert. Wir lieben dich für all diese Eigenschaften, die dich ausmachen. Bleib wie du bist, du bist wunderbar. Nur einen kleinen Rat beherzige bitte: Denk auch mal an dich. In Liebe, deine Eltern.

Ich dachte mir nur: Gott, wenn die wüssten...

Meine Mum sah mich prüfend an:

Vielleicht ist gut, was da passiert ist, Ella. Wer weiß, wofür es gut ist? Überleg dir, wo du hinmöchtest. Du. Und nicht irgendwer anderes.

Ja, es wird Zeit, dass ich meine Werte wieder lebe.

GAMECHANGER

Ella?

Gott, ich bin abgedriftet mit meinen Gedanken. Immer noch in meinem Ledersessel sitzend lese ich die Whatsapp von Steven nochmal: „Hast du dich wieder beruhigt? Ich habe heute spontan sturmfrei. Wie wäre es mit einer Runde „Doorway to heaven" später?".

Ich hieve mich aus meinem Sessel und krame in meiner noch nicht ausgepackten Reisetasche, die ich nach dem Heimkommen nur lieblos ins Eck geworfen habe, nach der Geburtstagskarte, die mir meine Eltern geschrieben haben:

Wir blicken voller Stolz auf unsere erwachsene Tochter, die klare Vorstellungen vom Leben hat und die Werte und Traditionen hochhält, die wir vermittelt haben. Nur einen kleinen Rat beherzige bitte: Denk auch mal an dich.

Ich setze mich wieder auf meinen Ledersessel und blickte in den Garten. Es ist ok nicht ok zu sein. Es ist nur nicht ok, diesen Zustand auszuhalten. Ich tippte auf „Löschen". Ich öffnete meine Kontakte und scrollte zu „STEVEN". Kontakt löschen? Ja!

Ich schwinge mich die Treppe runter in meine Ankleidekammer und fische nach der Kiste, den Dessous und den High-Heels. Die wandern jetzt mitsamt meiner SIM-Karte in den Müll. Ich schreib meinen Eltern eine kurze Message, dass ich mich morgen mit einer neuen Nummer melden würde und warf meine SIM-Karte in die Kiste. Bei den Mülltonnen angekommen, treffe ich Maurice:

Na, Ella, alles klar?

Ich reagierte nicht, ließ ihn einfach stehen. Auf Instagram schrieb er mir dann kurze Zeit darauf: „Was war denn das für eine Aktion??". Ich entfernte ihn aus meinem Account.

Keep on going!

Ich war ´ne lange Zeit lang ohne Plan.
Bin ich immer noch.
Und es war noch lange laut in mir.
Ist es immer noch.

Und das ist übrigens auch vollkommen ok.
Und tut manchmal auch gar nicht so weh.
Es ist nicht immer alles Schwarz oder Weiß,
oder überhaupt zu benennen.
Erstmal ist es einfach nur da.

Wenn unser Mut, ein Herz zu interpretieren, verblasst,
machen wir es uns erstmal gemütlich auf unserer
„lecktmichalleamarsch" - Wolke.
Denn manchmal ist von etwas Abstand zu nehmen
auch ein Schritt nach vorne.

Lass uns hier `ne Grenze setzen.
Lass uns diese Grenze kommunizieren.
Und wir testen einfach immer wieder aus,
ob wir die Grenze immer noch genau dort haben wollen.
Lass andere diese Grenze nicht passieren.
Wenn dir etwas nicht passt, darfst du das sagen.

Und wenn wir uns einfach nur rausstellen und schreien
möchten, tun wir es.
Wir schreien so laut und lange wir können,
bis wir nicht mehr können
und müde sind.
Vor allem, wenn wir das Gefühl haben, dass uns alles aus
den Händen flutscht
und unser Lachen mehr Fake als „Echt" ist.

Und ohne dir auf den Schlips zu treten:
Vielleicht hilft es dir echt zu beten?
Manche gehen in die Kirche,
andere holen sich einen runter.
Wäre auch `ne Option.

Ich glaub, du hast da jetzt `ne Kugel in der Brust
und du versuchst nur zu überleben.
Genauso wie ich.
Und ich glaube:
Solange sich das Falsche richtig anfühlt,
ist das doch ok!

Lass uns unserer Angst stellen.
Nach der Angst kommt nämlich: keine Angst.
Mit gutem Gewissen und Vertrauen in sich,
in das Leben,
kann man sich seiner Angst stellen.
Zweifel dabei nie an deiner Intuition,
sie ist dein Leitsystem.

Das Leben hält wunderbare Dinge bereit,
wenn man mutig ist und sich auf den Weg macht.

Manchmal muss man einfach loslaufen,
in der Hoffnung,
irgendwann irgendwo anzukommen.
Wir haben den Mut, diesen Weg zu gehen!
Du musst dir jetzt vertrauen.
Wir probieren das jetzt.
Fuß fassen, lautet die Devise.
Nicht nur Schritt halten.

Dafür brauchen wir auch einen Mindset-Change:
Nicht: Warum muss immer erst etwas sterben, damit etwas
Neues blühen kann?
Sondern: Wenn etwas stirbt, kann etwas Neues blühen!
Nicht: morgens geht die Sonne auf und abends wieder unter
und
morgens auf und abends unter.
Sondern: Ja, morgens geht die Sonne auf
Und abends geht sie unter.
Morgens geht die Sonne auf.
Und abends geht sie unter.
Egal was tagsüber passiert…
Morgens
geht die Sonne auf
Und abends
geht sie unter.
Morgen ist ein neuer Tag.
And we will try again.

Eins noch:
Menschen können kommen, das Beste von dir nehmen und
wieder gehen.
Solange du das Beste dadurch nicht verlierst.
Teile das mit anderen und behalte dir das bei.
Das ist wundervoll!

Wer bin ich? Und wo will ich eigentlich hin? Vielleicht bleibe ich lieber erstmal in meiner eigenen Spur.

Das alles ist nämlich nicht das Ende.
Das alles fängt gerade erst an.
Ziele gesetzt und ich erreiche sie dann!

Seit Jahren schiebe ich ein paar private Projekte vor mir her, ständig sind mir andere Ausreden eingefallen, anstatt einfach mal loszustiefeln und einfach zu machen. Wenn dich Gedanken über Monate, Jahre nicht loslassen, sollte man seiner inneren Stimme nicht nachgehen? Wäre es nicht wunderschön, sich selbst zuzusehen, wohin man sich entwickelt, wohin man wächst, wo man sich ausbreitet, wo man seinen Platz in der Welt findet? Und seien wir mal ehrlich zu uns selbst, was soll schon groß passieren, wenn es „nicht funktioniert"? Ein Schritt nach dem anderen, sobald man nur einen Schritt in eine Richtung geht, sieht man doch schon wieder einen kleinen Schritt weiter.

Wie oft habe ich mein Glück in die Hände eines anderen gegeben, nie habe ich mir die Frage gestellt, wieviel von meinem Leben eigentlich meine Idee gewesen ist, wie oft dachte ich mir, wenn ich mit einem anderen Menschen zusammen war: Ich will gerade nirgendwo anders sein. Warum kann ich mir das eigentlich nicht auch mal selbst geben? Sollte man daran nicht vor allem auch langfristig arbeiten, egal, in welcher Lebenssituation man steckt? Man hat für nichts eine Garantie. „Wenn du eine Garantie haben willst, kauf dir einen Toaster."[3] Man weiß nie, wie sich andere Menschen verhalten, man sollte eher darauf vertrauen und darauf hinarbeiten, dass man selbst stark genug ist, egal, welche Lebenssituationen eintreten, das auszuhalten. Zu wissen: „Ja, es würde etwas wegfallen, aber ich würde nicht fallen."

Wir wehren uns gegen so vieles. Fakten, Gefühle, das Leben. Das Leben hat seinen eigenen Plan. Wir müssen loslassen. Die Welt dreht sich und das ist gut so. Wir springen auf, so oder so, früher oder später. Je schneller, desto mehr können wir die Achterbahn genießen und nicht vor Angst die Augen zudrücken und schreien. Arme nach oben, schrei so laut du kannst und lache! Und ja, es wird immer wieder Momente im Leben geben, da hört die Welt für einen Moment auf sich zu drehen. Es sind sehr große Dinge, die dein Herz berühren und deine Seele küssen. Sei sanft zu

[3] Vgl. Clint Eastwood: *„If you want a guarantee, buy a toaster."*

dir und geduldig mit dir selbst, in einer Welt, in der man schnell verlernt, seinem eigenen kleinen Stimmchen zu folgen. Deine Gedanken und Impulse sind richtig! Wir haben einfach nur verlernt, danach zu handeln. Schaffe ich das immer? Nein. Weiß ich genau, was ich tue? Nein. Ich hätte auch gerne für jede Lebenslage einen vorgefertigten Plan, den ich einfach nur aus der Schublade ziehen muss. Das Leben ist nur leider (oder Gott sei Dank) eine gemischte Wundertüte, man weiß nie, was man bekommt, man muss schauen, was man daraus macht, man muss die kleinen Wunder sehen wollen.

Glaubst du an ein Wunder? Ja, heute schon!

Im Nachhinein habe ich mich oft gefragt, warum ich eigentlich in der Vergangenheit so lange gewartet habe, bis ich einen Schlussstrich gezogen habe. Was heißt Schlussstrich, es war kein Schlussstrich. Es war eine Grenze, eine fette Grenze, die ich für andere gezogen habe, ganz weit weg von mir. Mit Bleistift. Ja, richtig gelesen, mit Bleistift. Nicht mit Kugelschreiber. Mit Bleistift zum Wegradieren und neu ziehen. Denn darum geht es doch. Diese Grenzen setzt du wahrscheinlich auch jedem Gegenüber anders, und das ist auch gut so und auch da wirst du sie verschieben. Stell dich hinter diese Grenze und sage „Nein" und stell dich vor diese Grenze und sage „Ja". „Ja." Ist doch auch ein vollständiger

Satz. Warum dann nicht „Nein."? Bleib dabei. Lass nicht zu, dass diese Grenze verschoben wird. Und halte dich nicht mit Menschen auf, die versuchen diese Grenzen zu missachten. Außer sie stehen neben dir und blicken gemeinsam in eine Richtung, dann lass dich herausfordern, lasst uns gemeinsam unsere „Ja's" und „Nein's" immer wieder gegenchecken.

Hierfür muss man seine eigenen Bedürfnisse erkennen und verstehen. Mach dir mal Gedanken dazu. Sei dabei ruhig wild. Und kompromisslos. Diese Frage wirst du dir auch immer wieder stellen, denn deine Bedürfnisse werden sich verändern, dein Leben lang. Wir werden uns nicht in unseren 20ern satteln. Auch mit 65 Jahren ändern sich die Lebensumstände noch. Dann werden sich auch deine Bedürfnisse verändern. Und genau hier geht es los: Sobald du deine Bedürfnisse kennst, kannst du Grenzen setzen, also mach dich auf, stelle dir immer wieder selbst die Frage: Was sind meine Bedürfnisse?

Auf zum Atem – bist du soweit?

Ich will nicht nur neben den Schuhen stehen.
Schuhe anziehen und los.
Wird schon schief gehen...

Ich will tanzen.
Vor allem aus der Reihe.
Wird schon gut aussehen.

Ich will in die Tasten hauen.
Nicht daneben.
Wird sich schon gut anhören.

Und wenn nicht, ist das auch völlig ok.
Dann reißen halt paar Stricke.
Dann bin ich den Galgen endlich los. [4]

Ich will anstoßen.
Mit mir.
Auf mich.

Das alles war nämlich gestern,
ich leb aber heute.
Ich weiß, warum ich hier stehe,
ich weiß, warum ich dort stand.

[4] Vgl. Absolute Beginner: *Füchse*

Die Welt ist viel zu groß,
klar, dass wir uns manchmal verirren
und über unsere eigenen Beine stolpern
und den Faden verlieren.

Manche Fehler haben auch Ihren Zweck.
Wenn ich nicht probiere, woher soll ich wissen, was passt?
Und wenn es auf Anhieb nicht klappt, ja, was solls?
Dann brauch ich halt paar Anläufe.

Wenn alles den Bach runtergeht,
muss ich ja nicht mitschwimmen.
Ich flieg währenddessen zum Jupiter
Und gugg nach ob da wirklich keiner wohnt. [5]

Ich möchte nicht glücklich werden
Sondern glücklich sein.
Also höre ich jetzt auf,
in den Schmerzen meines Herzens zu wühlen.

Denn das Leben mischt die Karten,
aber ich spiel sie aus. [6]
Ich kann den Wind nicht ändern,
aber die Segel anders setzen.

[5] Vgl. Typ Turbo: *1000 Farben*

[6] Vgl. Arthur Schopenhauer: *Das Schicksal mischt die Karten, aber wir spielen*

Zeit, mein Ding durchzuziehen.
Denn ich will mich nicht irgendwann fragen:
Bist du für deinen Glauben eingestanden?
Hast du es zugelassen, nicht gehört zu werden?

Nur einer ist dazu fähig, mich aufzuhalten.
Ich selbst.
Ich probiere einfach so lange,
bis jedes Lächeln wieder sitzt.

Deshalb tanz ich mich durch die Nacht,
tanz mit meinem kurzen Kleid,
denn nur nachts sagt man sich Dinge,
die man am Tag verschweigt.

Bis ich schweb,
bis ich schweb,
über dem Boden,
über der Welt.

Go forth!

Zerlege deine Welt und setze sie wieder zusammen. Man kann, darf und sollte immer mal wieder die Richtung wechseln. Lern dich neu kennen. Es hilft nämlich nichts, vor sich selbst zu fliehen. Man entfernt sich immer mehr von dem, was man eigentlich ist. Das tut einem selbst nicht gut, aber auch den Menschen um einen herum. Das beste was man der Welt geben kann, ist, selbst zu sein. Auch wenn das eigene Denken und Handeln manchmal nicht dem entspricht, was andere von dir erwarten. Damit DU glücklich wirst, und nicht (nur) die anderen, muss man seinen eigenen Durst stillen. Er wird sonst nur immer größer. Suche - ohne dir hier selbst Druck zu machen - Antworten auf deine Fragen! Relax! Deine Gedanken sind richtig und auch du hast Glück verdient. Du fühlst dich dabei manchmal allein? Glaubst du, du hast schon jetzt alle Menschen in deinem Leben getroffen, die dir viel bedeuten? Glaubst du nicht, da kommt noch der ein oder andere? Sei dir dein eigenes zuhause, investiere in dich. Liebe dich so, wie du jemand anderen lieben würdest. Lerne deine Schwächen kennen und schätzen und frage dich regelmäßig: Was hat mich heute inspiriert? Feiere deine kleinsten Erfolge und übe dich in Dankbarkeit. Und: Es ist keine Kunst, Fehler zu machen. Es ist eine Kunst, wieder aufzustehen! Geht das von heute auf morgen? Nein. Du wirst fallen, du wirst wieder aufstehen müssen, du wirst wieder fallen und wieder aufstehen müssen. Erfolg zu haben braucht Zeit, Kraft und Geduld. Hör auf dich, auf deine innere Stimme, nicht auf die anderen. Trau dir, deinem Wert. Außerdem: Die vermeintlichen Fehler, die du begangen hast, oder immer noch begehst, die vermeintlichen Abgründe, in die du gerade hinunterkletterst, sind vielleicht das Beste, das dir passieren konnte? Sei leidenschaftlich. Was ist Leidenschaft? Wenn du 5x hinfällst und wieder aufstehst für die Sache. Wenn du 20x hinfällst und wieder aufstehst. Ja, das ist ein Balance-Akt zwischen Fliegen und Fallen. Aber jetzt mal im Ernst, von welchen „Fehlern" reden wir hier? Du hast doch bis dato gute Entscheidungen getroffen, warum denkst du, du tust es nicht auch jetzt? Und ja, meiner Erfahrung nach ist der Weg bis zu einer Entscheidung schwer, ab dann wird es leichter, klarer. Außerdem gibt es meist einen Weg „zurück". Richte dir dein eigenes Leben ein. Lass dich fallen. Zurück zu deiner Mitte. Sage dir selbst einmal auf, was du erreicht hast in deinem Leben, weil du mutig warst. Zähle auf, wie oft du bei anderen etwas erreicht hast, wie du sie empowert hast, damit sie irgendetwas tun, wo du ihnen in den Arsch getreten hast.

Wenn du das Gefühl hast, es ist ruhig geworden und du verbringst Zeit mit dir selbst, dann bist du auf dem richtigen Weg, du bist auf dem Weg zu dir. Gratuliere dir selbst, dass du diese Momente leben darfst. Denn das Leben ist kurz. Wir gehen mit diesem Leben manchmal um, als hätten wir ein zweites. Maximiere dein Leben! Suche dir jemanden, der genauso denkt, wie du. Suche dir jemanden, der bereit ist mit dir zu lernen, zu wachsen, zuzuhören. Der in dich konsequent investiert. Der dir emotionalen Support gibt, nicht an dir zweifelt, dich ein Stück weit herausfordert. Bei dem du dadurch zur Ruhe kommst, weil du ein immenses Vertrauen aufbaust, jemand, der immer hinter dir steht. Ich denke dein Herz darf Sprünge machen, vor Liebe, wenn du verliebt bist, aber es sollte irgendwann zur Ruhe kommen. Darauf kommt es an. Jeder geht seinen eigenen individuellen Weg, suche dir jemanden der an deiner Seite seinen eigenen Weg gehen möchte, bei dem auch du deinen eigenen Weg gehen kannst, den, der dich glücklich macht. Du bist verantwortlich für dein Glück. Das kann dir niemand anderes geben. Und hör auf ständig immer alles für andere zu geben. Dann wachst du eines morgens auf und bist komplett leer. Vergleich dich nicht mit anderen, vergleich dich mit deinem eigenen Ich.

Können wir uns stattdessen bitte gegenseitig unterstützen, uns gegenseitig nette Worte schenken, uns gegenseitig zu einem besseren Menschen machen? Was schadet es uns, anderen Komplimente zu machen? Es kostet uns nur etwas Zeit und ein paar Worte. Der andere wird aber mit einem Lächeln abends ins Bett gehen. Lasst doch gemeinsam unseren eigenen Drachen steigen lassen, wenn schonmal Wind geht. Wir sollten uns gegenseitig die Erlaubnis und den Platz geben, Fragen zu stellen, ehrlich zu sein, verletzlich zu sein. Was ist es das dich nachts wach liegen lässt? Das Gute wie das Schlechte? Wir haben immer Angst, dass uns andere verurteilen und dass wir die Standards brechen, die man uns ein Leben lang vorgelebt hat. Aber ganz im Ernst: Bevor du in einen Raum voller Menschen reingehst und du dir mal wieder überlegst, ob sie dich mögen, überlege doch erst einmal, ob du sie magst.

Also: Spiel mit dem Feuer und verbrenn dich. Lass dich lieben. Fordere ein, was du brauchst. Liebe dich, spür dich und das Prickeln, komm zu dir. Intensiviere die Liebe, die du zu dir hast. Für ein kleines Lächeln am Morgen, für einen guten Start in den Tag! Das Leben ist schön. Du bist schön. Mit all dem, was dich ausmacht, all das was du erlebt hast, was du gefühlt hast. Lachen zerstört jegliche Systeme, die

Menschen voneinander trennen[7]. Also lache! Zerstöre jegliche Systeme, die dich von anderen trennen.

Und zum Abschluss noch eine Frage für dich:

„Was ist es, das dich antreibt?" Tanz mal `ne Nacht drüber nach.[8]

Weihnachten verbringe ich wieder bei meiner Familie. Unter dem Weihnachtsbaum liegen 2 kleine Pakete für mich. An das erste war ein kleines Kuvert gebunden. Ich öffne erst das Paket mit dem Kuvert. Socken. Es waren Socken. Schwarz-weiße Kuschelsocken.

Verdattert blicke ich zu meinen Eltern, ich konnte es mir nicht verkneifen:

„Socken? Ernsthaft?"

Meine Mum grinst wie ein Honigkuchenpferd.

„Lies die Karte dazu."

---

[7] Vgl. John Cleese: *Das Schöne am Lachen ist, dass es alle Strukturen auflöst, die Menschen voneinander trennen.*

[8] Vgl. Julia Engelmann: *Lass mal `ne Nacht drüber tanzen*

Ich blicke meine Eltern immer noch etwas verwirrt an. Was soll man denn schon Großartiges über Socken schreiben? Ich öffne das Kuvert und ziehe die Karte heraus. Darauf steht:

„Es gibt keinen Grund, kalte Füße zu bekommen."

Lasst uns mutig sein, gemeinsam. Lasst uns gemeinsam in eine Richtung blicken und uns gegenseitig herausfordern, Platz und Raum geben füreinander, um zu heilen und das L(i)eben zu lernen. Hört in euch rein, unterstützt andere. Lasst uns die Welt zu einem guten, einen besseren Ort machen. Ja, du sagst es: Willkommen im richtigen Film!

Flieder

Riechst du den Flieder?
Die Nächte werden kürzer,
abends ist es jetzt wärmer draußen
und die Wolken haben einen lilanen Schimmer.
Ich weiß, das hört sich jetzt ziemlich platt an,
aber ich war mir noch nie so sicher:
Du bist gut so wie du bist
und es dauert nicht mehr lange...
Dann sind wir die Gewinner.

Es ist ein warmer Junitag. Ich bin mit Freunden im Klettergarten verabredet. Ich! Mit Höhenangst. Ich wollte etwas Zeit mit meinen Freunden verbringen und gemeinsam etwas erleben, also los. Und es gibt ja auch kleine Parcours. Also lege ich den Klettergurt an und wir lassen uns einweisen, wie die Karabiner funktionierten. Dann studieren wir auch schon die verschiedenen Parcours, die nach berühmten Bergen benannt waren. Eine kleine Gruppe, der ich mich anschließe, biegt in die linke Seite des Gartens, dort sind die kleinen Parcours. Mit Kindern, die 20 Jahre jünger sind als wir, versuchen wir unser Glück auf dem „Watzmann" und der „Kampenwand". Wir waren relativ schnell geübt, die wackeligen Netze und Seilschlingen zu überwinden. Ein kleiner Flying Fox bringt uns wieder auf den Boden. Nach den 2 Parcours in schwindelerregender 3 Meter Höhe, beschließen wir, den Rest der Mannschaft zu suchen und Brotzeit zu machen.

Wir stiefeln also zurück in die rechte Seite des Gartens und halten Ausschau. Hier kommen wir am „Mount Everest" vorbei. Ich bleibe stehen und blicke nach oben. Sieht gar nicht so hoch aus. Keine Ahnung, welcher Teufel mich gerade reitet, aber ich hänge meinen Karabiner in die Vorrichtung, die mich nach oben auf die Plattform leitet.

Äh, Ella, was hast du so vor?

Ich probiere das jetzt!

Du spinnst doch, das ist der Mount Everest, häng dich wieder aus!

Das hörte ich schon nicht mehr. Oben auf der Plattform angekommen, stellte ich dann wider Erwarten fest, dass das erst die erste Plattform war. Es ging dieselben Höhenmeter noch einmal nach oben. Fuck. Aber retour kam ich nicht mehr, hinter mir hatten sich schon mehrere Besucher eingehängt. Gut. Ohne nach unten zu blicken, stieg ich die Stufen hoch zur zweiten Plattform. Ich hänge mitten in den Baumkronen. Los geht es mit einem Trapez. Ella, nicht nach unten sehen, einfach los. Geschafft. Meine Hände brannten jetzt schon. Das nächste Hindernis war eine Hangelleiter. Die wollen mich doch verarschen. Frag mich nicht, wie ich da rübergekommen bin. Weiter ging es über Holzbretter, Holzbalken, Schaukeln, Rutschen hin zu einem Tretboot, das mich zur letzten Plattform bringt. Als ich ankomme, hatte ich keinerlei Kraft mehr. Ich merke erst jetzt, dass ich Blasen an den Händen habe. Ich setze mich erstmal auf die Plattform und schnaufe durch. So. Das letzte Hindernis. Was ist das eigentlich? Ich las die Beschreibung: „Fast geschafft. Hänge dich einfach in der Vorrichtung ein und spring!". Ich muss lachen. Ist das eigentlich Euer Ernst? Vorsichtig schob ich mich zum Rand der Plattform. Ich konnte aufgrund der Blätter der Bäume nicht einmal den Boden sehen. Ich stehe auf und untersuche die Vorrichtung. Wie zur Hölle komme ich da jetzt runter?

Plötzlich spricht mich jemand von hinten an:

„Hast du Angst?"

Ein Mann in etwa meinem Alter steht hinter mir. Anscheinend ist er auch gerade mit dem Tretboot angekommen. Seinen Gesichtszügen nach zu urteilen, meint er die Frage ernst.

„Ähm, ja, schon..."

Ich hänge mich ein. Er lächelt mir zu.

„Du schaffst das."

„Und was macht dich da so sicher?"

> *„Ehrlich gesagt wirkst du auf mich nicht so, als ob du mit irgendetwas nicht fertig werden würdest. So wie du vor mir die Tour in den Angriff genommen hast, ich bin dir kaum hinterhergekommen."*

Ich warf nochmal einen Blick nach unten und positionierte mich, mit dem Rücken zum Abgrund, an der Plattformkante.

Ich lächele zurück:

> *„Ja, ich schaffe das. Ich bin schon dabei."*

Dann ließ ich mich fallen.

Unten angekommen löse ich mich mit zitternden Händen von den Haken und ließ mich ein paar Meter weiter in der Sonne rücklings ins Gras fallen. Ich versuchte meine Atmung wieder unter Kontrolle zu bekommen. Haha, ich bin echt gesprungen. Ich glaube es nicht. Ella, was ist mit dir! Ich bekomme das Grinsen nicht aus meinem Gesicht. Vor meinem inneren Auge wurde es dunkel, irgendjemand stand mir in der Sonne. Ich blinzelte nach oben.

> *„Ich bin übrigens John."*

John hielt mir seine Hand hin. Ich ergriff sie und John zog mich hoch.

> *„Ella. Ich bin Ella."*

> „Glückwunsch Ella. Du hast gerade den Mount Everest bezwungen!"

> Na, nicht nur ich, du auch!

Ich streckte ihm meine Handfläche hin für ein High 5.

Er lächelte und klatschte ein.

Wir blickten noch etwas außer Atem nach oben in die Baumwipfel.

> Da sollten wir eigentlich anstoßen drauf.

...

> Ja.

Ja, ich finde, John hat Recht.

> *Die Nächte werden kürzer,*
> *abends ist es jetzt wärmer draußen*
> *und die Wolken haben einen lilanen Schimmer.*
> *Weißt du was mir gerade auffällt, Baby?*
> *Wir sind schon lang Gewinner.*

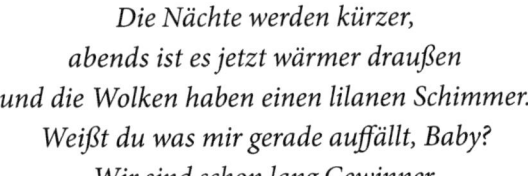

Epilog

*N*ever forget, the relationship you have with yourself sets the tone for the relationship you have with everyone else. If you want to have better relationships with other people, work on yourself.

Real selfcare can't be bought, it isn't just spa days and facials. Real selfcare is a series of tough decisions. The decision to be more disciplined, to address your recurring toxic thoughts, to prioritise your mental health and to put your happiness over your history.

Normalise saying "no" without needing to over-explain yourself. If someone is offended by your boundaries, that's their problem.

The healthiest foundation for every relationship is one where you want someone, but aren't depending on them to "complete" you. Complete yourself and then go and have a healthy relationship with someone who doesn't need you to complete them either.

Your life will change when you realise how temporary EVERY moment is. Your darkest moments are temporary, so you must NEVER ever give up on yourself when it's raining. Your brightest moments are also temporary, so you have to learn to live in the moment when the sun is shining.

~Steven Bartlett

DANKSAGUNG

Ich sehe den Weg nicht mehr, auf dem ich gehe. Laufe ich
überhaupt noch?
Ich atme ein und aus, und merke, wie die Übelkeit ansteigt.
Oder ist das nur Einbildung?
Ich sehe Euch nicht mehr. Stützt ihr mich überhaupt noch?
Ich schaue auf den Boden und schwanke. Wo seid ihr?
Ich schaue zurück und sehe Fußspuren.
Doch da fällt es mir wie Schuppen von den Augen.
Ihr seid hier! Ihr seid es, die die Fußspuren hinterlassen.
Ihr seid es, die mich auf ihren Schultern tragen.

Danke an alle, die mein Glas, wenn es leer ist, wieder auffüllen.
Danke, dass ihr mein Handtuch auffangt, wenn ich es werfe.
Danke, dass ich wieder ein Lächeln entdecke, wenn ich in
den Spiegel blicke.

Besonderer Dank gilt meinen Eltern:

Mama, Papa, ihr seid beide mein absolutes Vorbild, ihr beide jeweils für Euch und ihr als Ehepaar. Ihr seid mein Fels in der Brandung. Danke, dass ihr mich so liebt, wie ich bin, ihr mich immer wieder aufrichtet, dass ihr mich bei allem unterstützt, was ich mir so in den Kopf setze und dass ihr mir immer, zu jeder Uhrzeit, mit Rat und Tat zur Seite steht. Ich weiß nicht, wer ich ohne Euch wäre, wo ich ohne Euch heute stünde. Ich weiß nicht, was ich irgendwann ohne Euch tun soll.

Nachweis

Thomas Hohensee: *Die Löwenzahn-Strategie: Blüh auf, sei wild und unbezähmbar*

Andrea Weidlich: *Der geile Scheiß vom Glücklichsein: Wie man das Glück nicht sucht und trotzdem findet*

Clint Eastwood: *„If you want a guarantee, buy a toaster."*

Absolute Beginner: *Füchse*

Typ Turbo: *1000 Farben*

Arthur Schopenhauer: *Das Schicksal mischt die Karten, aber wir spielen*

John Cleese: *Das Schöne am Lachen ist, dass es alle Strukturen auflöst, die Menschen voneinander trennen.*

Julia Engelmann: *Lass mal `ne Nacht drüber tanzen*